U1000976

不带相机
去旅行

邵宁 著

中国出版集团东方出版中心

自　序

旅行不带相机，可能吗？

从傻瓜相机到数码相机，再到智能手机、谷歌眼镜，拍照早已不再是摄影师的专利。现在人人都是摄影记者。走遍世界，轻轻一按，异域风光尽收掌底。再轻轻一按，亲朋好友即时分享。一切，都只在瞬间。

但是，我依然相信，文字有着照片无法代替的意义。一个理由是：对大多数不以旅行为职业的人来说，在并不充裕的时间里，不停地举起相机和手机，其实是失去了细细体会当地风土人情的机会。而旅行，除了用眼睛看，还要用耳聆听，用手触摸，用口品尝，用脑联想，甚至寻找、发现、求证……事实上，人们所拍摄的大部分照片，明信片和风光图册上都已经有了，网上更是有海量图片可以检索。但每个人的旅行感受，却是独一无二的。

另一个理由便是文字的非即时性（新闻报道除外）。旅行笔记，必须在一个闲暇的时刻，在一个安静的角落，提笔书写。这时，经过沉淀之后的印象、体验，才会慢慢浮上心头。

出版物没有图片，可能吗？

时下，人类社会早已进入了读图时代。无论是报纸、杂志、图书，还是网络、博客、微博、微信等新媒体，铺天盖地的都是图片。没有图片，就无法吸引眼球，甚至有“无图无真相”一说。因为，已有很多人不再阅读没有图片的纯文字了。

但是，我还是坚持写作，写作让我内心丰富而充实。从19岁那年走出国门，到苏联公派留学开始，我就用笔记录留学生活的点点滴滴，记录这个国家惊天动地的巨变，记录这个民族广博深厚的文化艺术。2000年后，我又几次到访俄罗斯，出版了《重返俄罗斯》。过了多年，我的记录有了一个意想不到的效果，即不必再为回忆当年的事而绞尽脑汁。毕业近20年，不少同去留学的同学开始回忆往事，然而一些细节早已模糊，于是争相索要由上海人民出版社出的我的第一本书《莫斯科日记》。

这本书中收录的文章，大多是我近年来去了一些国家之后写的。特别是2012年秋天，有机会赴英学习一个半月，给了我深入了解这个国家的机会。而之前的1998年9月，我也曾访问过英国。当年写的不少文章，也收录在第一部分《英伦笔记》中。比起自然风光，我更喜欢看人文景观，包括城市、街道、建筑、园林、博物馆、美术馆、名人故居、戏剧演出等，因为它体现了人的力量和智慧，闪耀着精神世界的灿烂光华。与当地人士的交流，更是不可少。除了去日本需要翻译外，到欧美国家我基本都没有语言障碍。从小学的英语在很多国家可以通用，俄语尽管在国内用处不大，但在东欧也都畅通无阻。跨文化的碰撞也给了我另一个视角审视本国文化，引发了更深的思考。当然，作为一个媒体人，当地一些新鲜的旅游项目、特色美食，也是我乐意介绍给读者的。

去一个国家之前，我会做一些准备，但不是网上的攻略之类的，而是阅读与这个国家有关的文学作品，看一些电影电视作品。比如，第一次去日本之前，我重温了很多川端康成的作品；去夏威夷之前，尽管时间很紧，我还是在网上找来电影《珍珠港》看了一遍。

不带相机去旅行，也很有意思的，试试吧。

2014年7月于上海

目　录

壹　英伦笔记

剑桥日记

2012 年 10 月 30 日　星期二　　　　　　　晴

早晨,我推开门,面前是长长的走廊,空无一人。钻进鼻子里的是和上海截然不同的气味。这种气味却带有一点点熟悉,对了,是淡淡的消毒水混合着用黄油烹饪的食物的味道。这是在剑桥,却又让我想起了 20 多年前初到莫斯科住在"少先队夏令营"时闻到的味道。

昨天晚上,我们从伦敦来到了剑桥,开始我的"第二次留学"。

其实我住的不是宿舍,是一座名为"剑桥钟声"的酒店。听说最初是计划安排我们住剑桥大学学生宿舍,但由于我们来得晚了,学院早已开学,宿舍没有空了,于是只能住到这里。这座酒店正门是一个长廊式的建筑,仅一层高,边上连着一栋主楼,也只有 3 层高,错落地分布着尖顶的小阁楼。酒店黄褐色的砖墙,白色的立柱,弯曲的连廊,外形古朴,尽管已是深秋,但门前大片的草坪还是青翠欲滴。酒店建筑与一路上看到的剑桥的房子风格一致,似有二三百年的历史。然而,里面设施却很现代。酒店房间也很宽敞,熨斗、熨衣板、吹风机等一应俱全。

这酒店的消毒水味也不是少先队夏令营搞清洁卫生的味道,而是从游泳池飘出来的。游泳池的墙上,还挂着一首英文诗《See you again,Cambridge》——徐志摩的《再别康桥》。

难怪爸爸在电子邮件里说:"住这样的酒店,和你在俄罗斯留学相比是'鸟枪换火箭'了!"后来才得知,酒店是七八年前新建的,为四星级,是为附近的高尔夫球场配套的。

我们这次"留学"其实是一次培训——对外文化传播高级人才海外培训班,为期一个半月。培训内容丰富多彩,包括剑桥大学集中授课、参访英国议会,与 BBC、《卫报》、爱丁堡军乐节组委会等英国文化、新闻机构和创意产业企业交流。文化是大文化范畴的,访问地点还包括英国具有代表性的英超、温网等体育机构,伦敦金融城,以及佳士得拍卖行这样的世界知名的艺术品交易公司。

住在"剑桥钟声",早餐是经典的英式早餐,热食、冷食均很丰富,可以自选,面包也有好几种,最好吃的是一种羊角,又松又软。如果自助的吃腻了,还可以单点,如蛋卷、热巧克力等。

记得初到莫斯科,暂住在郊外的"少先队夏令营",也是集体到食堂吃饭,早餐是面包、黄油、煮鸡蛋,午餐和晚餐的汤有面条汤,主食有牛肉、土豆、小泥肠,很单调。第一次吃到著名的黑面包,差点没吐出来。后来到莫斯科大学预科学习,经常到食堂吃早饭,拿了托盘自己取,然后结账,那里的牛奶咖啡很香;再后来进了莫斯科戏剧学院，大多是自己做早餐，一个面包夹几片肉肠，就着热红茶啃啃就算了，周末加个煎蛋。

第一天坐公交车上学，在培训期间全程陪同我们的米先生带我们找车站，一开始走错了路。由于公交车比较少，20 分钟一班。终于等来了 4 路公交车。半小时后，终于到了剑桥大学。下车又走了十来分钟，到了我们上课的学院——圣凯瑟琳学院。

这座学院就在剑桥最著名的国王学院旁边。学院的建筑呈三面合围状，红褐色砖，白色窗户，红白相间，两层楼高，顶上有一排小阁楼，也是白色的老虎窗，典雅而高贵。三面合围的建筑中间，是一大片草坪，整整齐齐，呈正方形，在深秋依然绿得让人心醉。外面是雕花的铸铁栏杆，中间有圣凯瑟琳学院的徽章。

迎接我们的是罗丝蒙德·托马斯博士，她是剑桥大学商业和行政机构道德研究中心的主任。我们 5 天的培训就由她负责。她自己也讲课，同时请一些外面的专家、教授来授课。

圣凯瑟琳学院是剑桥大学中比较古老的一所，建于 1473 年，位于剑桥大学的中心。17 世纪学院重建过，就是我们现在看到的模样。主楼的重建始于 1673 年，直到 1704 年才完成礼拜堂的建造，全部建成。之后学院又开始稳步扩建，1965 年一座新的有 72 套卧室的小楼建成了，1998 年，在离学院步行 10 分钟距离的地方又建造了一栋公寓楼，每套公寓有 4 至 5 间房间，共 130 间，是在一栋维多利亚风格的房子的基础上改建的。

托马斯博士给我们讲了许多圣凯瑟琳学院的历史和故事。学院名称是怎么由来的呢？学院大门上的标记是一个金色的车轮，有一个传说。相传公元 3 世纪有位圣人，名叫凯瑟琳。她本应被绑在车轮上接受酷刑，但是就在她触碰车轮的时候，车轮倒塌了，她因此逃过一劫。她也就被尊为“圣凯瑟琳”。在凯瑟琳的影响下，很多人的信仰转为基督教，但后来却因为自己的信仰而遭斩首。1675 年，有一位聪明非凡的少年威廉·沃顿，年仅 9 岁就进入了圣凯瑟琳学院求学，他也是剑桥大学最年轻的大学生。另一位著名的学生是约翰·阿顿布鲁克，他是一所知名医院的创始人，死后就葬在学院的教堂里。

走进教室，我一下子惊呆了——竟是一间四周挂有历史久远的油画肖像的房间。这些肖像有男有女，有的是穿着白色“轮状衣领”的王公，有的是高贵优雅的贵妇，笔触细腻，人物传神，看样子像 17、18 世纪的作品。他们是谁？是学院的创办者吗？我问托马斯博士，她和边上一位上了年纪的学院职员讨论后说，他们不是这所学院的创办者，应该是历年来这所学院的资助者，他们为这所学院捐赠了大笔钱财。这些油画有的是他们本人，有的是他们的女眷。

每天的午餐在学校吃，有时是拿了餐券到学生食堂吃，有时是在教学楼里吃简餐。今天是在二楼一个很漂亮的大房间用餐，也是胡桃木的护墙板，中间的一条长餐桌，边上的桌子上已摆满了吃食。食物都是冷的，有三明治、炸鸡腿、奶酪块、裹着肉馅儿的小面饼，也有甜点、水果，有热茶。晚餐则自己找地方解决。

中午休息时间，我们在剑桥大学的大街上走了走。沿着国王学院大街漫步，国王学院那巍峨而高耸的尖顶一下子映入眼帘，我不禁吸了一口气，实在是太壮观了！国王学院需要买门票进入参观。今天时间不够，我们决定过两天去。再往前走，是三一学院。这所学院出的名人是最多的，如牛顿等。学院门口的小绿地上，还真的种了一棵苹果树，大家争相在这棵不知是真是假的苹果树下留影，希望沾一沾牛顿先生的智慧和灵感。

相对于剑桥的古老和建筑的宏伟，培训的课程就有些逊色了。上午，一位名叫 Sexon Brettle 的经济学家讲《英国经济发展的现状以及在欧洲金融危机中的应对策略》。下午的课比较有意思，是关于数字技术下的媒体发展。

4 点多下课。晚上，我们 20 名团员分成了 4 个小组——一起吃晚饭的“饭团”。我作为其中一个“饭团”的团长，带领 4 名团员找吃饭的地方。天黑得早，穿行在小城中心，一条条古老的巷子都窄窄的、斜斜的，边上都是一家家个性小店，有的卖书，有的卖文具，有的卖稀奇古怪的手工艺品，没有一家是雷同的。昏黄的灯光照在巷子里，一拐过来就看不到来路了，一下子感觉仿佛进入了《哈利·波特》中的对角巷。我们找到了一家意大利披萨店。4 块披萨、每人一杯啤酒或饮料，总共 31 英镑，每人 6.2 英镑。吃完后，稍微逛了逛，就去坐公交车回家。这里的公交车白天 20 分钟一班，6 点 48 分以后就是一个小时一班了。

回到“剑桥钟声”大概 7 点半。现在才知道，我们住的地方叫康伯恩，是剑桥市的郊外，一个被大片草地、湖水环绕的风景如画的地方。

剑桥有位女市长

弯弯曲曲的剑河绕城而过，优美的小桥和浓密的垂柳映衬着一座又一座巍峨的学府和教堂。这就是英国的剑桥。虽然是只有12万人的小城，但大学因所在地而得名，小城更因拥有大学而举世闻名。这样一座历史悠久的大学城的管理者，是个什么样的人呢？在我的脑海里，他应当是一位上了年纪的学者，或者是个老派的英国绅士。所以，当现任剑桥市市长出现在我的面前时，不禁让人有些惊讶。

市长秘书将我们引入高大的议事厅，里面一排排的半圆形座椅，沿阶梯逐渐升高，很有气派。几分钟后，一位40多岁的女性步履轻盈地走了进来。她个头不高，一头黑色短发，一副大框眼镜平添了几分俏皮。她穿得很普通，黑色上衣、细格子裤、休闲皮鞋……唯一引人注目的是，她胸前挂着一条金光灿灿的绶带，下面垂着一个同样金闪闪的徽章。原来，这便是市长的标志。

“我叫雪拉·斯图尔特，是剑桥市的市长。”她微微一笑，很有亲和力。她说，她刚刚接待了安妮公主的到访，所以我们的会面被推迟了。

剑桥市市长任期一年，是由市议会 40 多名议员选举产生的。看到大家惊奇的目光，斯图尔特市长不无自豪地告诉大家，英国历史上共有 15 位女市长，她是其中之一。“不过最近 20 年有 9 位女市长，可见近年来女市长在增加。”更为难得的是，雪拉是唯一担任过两届市长的女性，上一次是 2008 年。

雪拉说，她的主要职责是为剑桥市所有的公民服务。今年以来，剑桥市举办了多项重要活动：今年是伊丽莎白女王登基 60 周年，剑桥市的庆祝活动盛况空前；今年伦敦成功举办了奥运会，之前剑桥市也举办了迎奥运火炬传递活动，超过 4 万人参加了这项活动；整个夏季，剑桥市政府主办了夏季音乐狂欢节、莎士比亚戏剧节、民俗音乐节、剑桥科技节等许多文化活动，成千上万的人从英国以及世界各地来此参加活动。

剑桥虽小，名声却特别大。除了传统的商贸外，旅游业也是重要的产业，每年旅游收入 3.5 亿英镑，共有 6 300 人从事旅游业，每年接待游客达 400 万人。此外，剑桥也是世界著名的教育中心，吸引着全球的优秀学生前来就读，高科技研发、生物、通讯等行业处于领先地位。尽管经济危机波及全欧洲，但剑桥市的经济依然在增长。

更让人佩服的是，这位市长并非剑桥本地人。雪拉自己爆料说：“我是英国少有的出生在外国的市长，我出生于美国的俄勒冈州，21 年前和我的丈夫结婚，才来到英国的。”这位“外来媳妇”是位会计师，加入英国国籍后，于 12 年前开始了政治生涯。

她成为剑桥城市议会的议员，热心参政议政，且能力很强，之后便两次被选为市长。她说，市长并非高高在上，而是应当与市民紧密联系，平时，市民都可以在市政厅找到她。每年圣诞节，她和丈夫还要去与当地驻军共进午餐。作为市长，雪拉年底还必须在国王学院的大礼堂向市民代表述职。现在，这一述职演讲通过 BBC 直播，她在美国的父母也可以通过 BBC 国际台看到她。

我问市长：作为女市长，在城市治理方面有哪些心得？她回答道：剑桥市的市长和伦敦的市长不同，并不是一个行政管理者，权力不大，但可以利用自己的影响力为市民服务。目前剑桥市正在开展一个“社区邻里共建项目”，希望市民更多地走出家门，密切邻里关系，在社区生活得更充实、快乐。另外，她也是剑桥城建规划委员会的主席，对于这座到处都是古建筑的历史名城，他们必须认真地加以保护，对建造新建筑非常谨慎。

值得一提的是，市长办公室的行政开支并不高，每年仅 10 万英镑，包括差旅费、餐饮费，而且这笔费用比 10 年前的预算还略低。平摊在每个市民头上，大约每人 1 英镑。

作为一个女市长，如何平衡工作与家庭的关系？雪拉说：“当市长很忙，经常要参加各种活动，陪同前来参观访问的宾客，占据了很多私人时间。幸运的是，我有一个好丈夫，在各方面给我帮助，有时候我对他说：‘应该把市长的徽章给你挂上！’”我们不禁大笑起来——用中国一句著名的歌词来说，就是“军功章有我的一半，也有你的一半”！同时，市长也是一个好太太。她说，家里所有衣物的洗涤和熨烫一直都是她做的。

天色已暗，我们的拜访已经超过了预定的时间。尽管双方交流非常热烈，为了不让她的丈夫等得太久，我们还是结束了拜访。我们培训团的团长任小文先生向雪拉·斯图尔特市长赠送了礼品——印在丝绸画卷上的上海外滩全景图，这也是《新民晚报》80周年纪念画卷。雪拉非常喜欢这份礼品，她仔细看着画卷上的外滩建筑，很感兴趣，希望有一天能来上海亲眼看看。

（本文刊于2012年11月11日《新民晚报》夜光杯）

血色罂粟花静静飘零

——在英国感受荣军日纪念活动

“双 11”这几年在中国成了一个民间的“光棍节”、“网购日”，搞笑而轻松，但在万里之外的英伦，这一天却是个庄严、肃穆、凝重的日子——荣军日，这个纪念日已有 90 多年的历史。这一天上午，英国女王伊丽莎白二世也在伦敦阵亡将士纪念碑前献花环。

罂粟花和荣军日

刚到英国是 10 月底，来到剑桥大学后，见到负责我们培训的一位工作人员鲍勃在西装左胸口别着一朵小红花，5 瓣小小的花瓣。他告诉我，这是红罂粟花，是为了即将到来的荣军日而佩戴。这个纪念日源于第一次世界大战，1918 年 11 月 11 日是“一战”停战的日子，所以就把这一天定为“一战”的阵亡将士纪念日，后来又成为缅怀在历次世界大战和冲突中牺牲的英国和英联邦国家将士的日子。在荣军日前的一个月，人们就开始佩戴红罂粟花，以表达自己的怀念之情。而纪念日当天，则举行各种纪念活动。上午11点，人们无论在哪里，都要默哀。

在随后的几天，我看到越来越多的人佩戴这种罂粟花。在伦敦的地铁站，我还见到了一位老妇人，她挎着一篮子绢做的罂粟花，不时有人放下1英镑，拿走一朵罂粟花。原来人们佩戴的罂粟花来自这里。那么，这个纪念日怎么会与罂粟花联系在一起的呢？

据介绍，1915年，一位叫麦克雷的加拿大军医目睹了比利时Ypres战场上连续17天的血腥鏖战后，写下了一首诗篇《在弗兰德斯的田野》，诗中描绘道："暮色中，在将士们倒下的地方，一束束血红的罂粟花生机盎然，冲破死亡的阴霾怒放。"而一位名叫米歇尔的美国姑娘读了诗篇深受感动，在1918年"一战"停战协议签字的前夜，她在自己的胸前佩戴了一朵罂粟花。之后，佩戴罂粟花的人增多，这一习俗逐渐传到欧洲。两年后，英国老兵协会采纳罂粟花作为正式的纪念象征，并在1922年发起了第一个"罂粟花募捐"活动，制作罂粟花出售，筹款帮助战争遗孤和遗孀。于是，在阵亡将士纪念日佩戴罂粟花，逐渐在英国和大部分英联邦国家成为传统。

10日晚上，我在住地看了BBC的一档直播节目，是在伦敦皇家阿尔伯特音乐厅举行的荣军日音乐会。伊丽莎白女王和丈夫爱丁堡亲王，以及英国首相卡梅伦、反对党领袖米勒班德也来到音乐厅，观看了演出。节目中，许多身着笔挺军装的士兵在舞台上列队、歌唱，艺术家也献上一首首动听的歌曲。86岁的女王身着黑色套装，左胸的一簇红罂粟花格外鲜明。她还数次起立，和全体观众一起合唱。音乐会接近尾声时，成千上万片血红的罂粟花瓣从天而降，静静地飘落在舞台上，飘落在士兵的身上、军帽上。最后，一个男孩和一个女孩走上台来，手里也捧着一束罂粟花，献给台上的军人。孩子稚嫩的声音仿佛在提醒所有的人：世界需要和平。

亲历约克市纪念活动

11 日上午，我们正好途径约克市，亲身经历了这个特殊的时刻。约克有近 2 000 年历史，是英格兰最古老的地区之一。

上午 10 时半，我们来到市中心市政厅前，街道两旁都是年代久远、造型精巧的楼房。只见狭小的街道两旁，无论男女老少都伫立在那里，一动不动，目光朝一个方向望去，似在静静地等候着什么。不一会儿，远处传来了军乐声，乐声逐渐大了起来，在仪仗队的带领下，一队队士兵出现在人们眼前，他们身着陆海空等不同兵种的军服，整齐地向前迈步，后面还有一队十多岁的童子军。过了一会儿，从另一头又走来一列队伍，所有的市民不约而同地鼓起掌来，向队伍投去充满敬意的目光。队伍打头的是几位老人，身着戎装，胸前挂满了勋章，迈着有力的步子向前行进，中间还有几位四五十岁的中年人，最后两位老兵是坐在轮椅上通过的，他们的神情庄重，充满光彩，赢得了最热烈的掌声。

我有些疑惑，年迈的英国老兵是参加过第二次世界大战的，那四五十岁的人又打过什么仗呢？同行的国际问题专家杨健告诉我，英国近二三十年也打过仗，如马岛战争，同时英国军队也参与过北约的各种军事行动，现在在阿富汗还有 9 500 多名英国士兵在执行任务，包括哈里王子也在阿富汗。

11点刚过，我们来到里曼公园，这里也是一个纪念地，刚才所有列队通过的军人、老兵都集中到纪念碑前，而路人也都聚集在这里，密密麻麻的。11点整，只听一声炮响，全场鸦雀无声，人们开始默哀，无论是时尚的姑娘小伙子，还是拄拐棍的老人，亦或是童车里的孩子。两分钟后，又是一声炮响，军乐重新奏起，人们这才慢慢散开。这是值得深思的炮声：94年前的这个时刻，第一次世界大战的枪炮声终于沉寂，而之后，世界却并不平静，战争仍然一次又一次发生，这是为什么？

这一幕场景，让我不禁联想起俄罗斯的胜利节。5月9日是欧洲的“二战”胜利日，也是俄罗斯的胜利节。在第二次世界大战，也就是苏联的卫国战争中，苏联牺牲了2 000万军民，几乎家家户户都有牺牲的亲人。因此，这个节日格外受到重视。每逢五逢十大庆，红场都要举行隆重的阅兵式。在胜利广场、无名英雄墓、凯旋门等地，以及公园、大街上，到处都是胸前挂满军功章的老兵，他们都已满脸皱纹，但依然腰背挺直，有的手里还拿着自己年轻时的照片。素不相识的人们纷纷把手里的郁金香献给这些老兵。

我的脑海里又闪过前一天晚上电视转播的音乐会的场景。镜头多次停留在飘落罂粟花的士兵军帽上，拍得很美。我想到，血色罂粟花象征着为祖国而战的战士。而这个纪念日其实也是一个警示：不要忘记战争的惨痛教训，希望世界上少一些战火，少一些流血，让大地上多一点和平的阳光！

（本文刊于2012年11月16日《新民晚报》新民环球周刊）

伦敦的雾

浓浓的，略带点儿淡紫色的雾，笼罩在看不出波光的泰晤士河上。河面上，一只只飞翔的海鸥若隐若现。远处，一座高大宏伟的哥特式建筑在浓雾中显得邈远朦胧。

莫奈的这幅题为《海鸥·伦敦·国会大厦》的油画，我是多年前在莫斯科的普希金造型艺术博物馆第一次看到的，当时就被它深深地震撼了，印象派画家笔下的雾，真是韵味无穷。关于这幅画，我还听说过一个故事。当年莫奈将这幅画送去展览时，伦敦全城的人都被激怒了："为什么把著名的伦敦雾画成了紫色？雾怎么可能是紫色的？"莫奈答道："我只是画下了伦敦雾的原貌。"第二天一早，怒气未消的伦敦人打开窗户，细看他们的城市，惊讶地发现：伦敦的雾，果真是微微带紫色的！可是，他们在这里生活了一辈子，却一直未发现伦敦的雾有这么美，也许是熟视无睹的缘故吧。于是，莫奈因这幅画而成为"伦敦雾的发现者"。

在莫斯科留学期间，我曾无数次在莫奈的这幅名作前流连，想象着那个遥远的不列颠海岛上，笼罩在那个大都市上空的雾究竟是什么颜色的。

现在，我终于来到了英国。一下飞机，就觉得空气十分新鲜，一路上处处是鲜花。第二天一早，迎接我的是灿烂的阳光，蓝白相间的双层塔桥、金碧辉煌的白金汉宫、金光闪耀的大笨钟、气势恢宏的威斯敏斯特大教堂、绿草如茵的肯星顿花园，无不沐浴在透明的空气中，显露出夺目的光彩。此后几天均是如此。几百年闻名于世的“雾都”，竟不见一丝晨雾。

后来，一位当地人告诉我，伦敦其实也不是自古以来都有雾的。18 世纪 60 年代以后，英国从纺织业开始，进行了一场产业革命。80 年代因蒸汽机的发明和采用，产业革命得到了进一步的发展。当时伦敦的工业燃料以木柴和煤为主，空气污染十分严重，一个个烟囱冒出的浓浓黑烟和海岛上丰富的水汽混合在一起，便形成伦敦天空的雾。自 20 世纪 60 年代以来，英国大力治理环境，不少工厂关闭，还有的迁到了郊外，燃料也用电力、太阳能等替代，烟囱已成为历史陈迹，雾也就渐渐消散了。同时，伦敦的绿化令人羡慕。据统计，公园和绿地面积占全市的一半，难怪空气那么新鲜。

英国环境治理的又一个成就是泰晤士河。原先泰晤士河也因工厂排放的污水而发黑发臭，经过几十年的整治现已消除黑臭，河里已发现了 105 种鱼！在伦敦，人们并不喝大桶装的纯水，我也和他们一样拧开冷水龙头喝水，这水便是经过六道净化过滤后的泰晤士河河水。

离开伦敦前一天，我们坐船沿泰晤士河漫游，突然，我眼前出现了一幅熟悉的画面：河水、海鸥、国会大厦……此时距莫奈作画的1904年已近一个世纪了。面前的泰晤士河虽然没有荡起碧波，但也较为清澈，米灰色的国会大厦比画中的清晰多了，高高低低的尖顶精美细致、层层叠叠的立面结构繁复，似一部凝固的气势磅礴的交响乐。

100年来依然如故的是那一只只在河面上轻巧掠过的海鸥。

没有见到伦敦的雾，我不感遗憾。

（本文刊于1998年10月24日《新民晚报》夜光杯）

小城故事

斯特拉福是英国中部的一个小城镇，周围有着大片绿色的原野。街道极为干净，两边都是两三层楼的小房子，有着尖顶和阁楼，简洁精巧。平整的石板路、黑色的铸铁马灯保留着小城数百年前原有的风貌，而骑楼上垂下大串大串缤纷的鲜花，又给小城增添了许多鲜活的色彩。

小城仅 2.5 万居民，每年却要接待 370 万的游客。这 370 万人来此只是为了一个人：莎士比亚。这里，是这位大文豪的出生地。

一个生活在伊丽莎白一世和詹姆士一世时代的英国人，以一部部惊世骇俗的戏剧作品，无可争辩地成为世界上最伟大的剧作家。400 多年来，他的戏剧在世界各地被用各种语言上演，经久不衰。

作为戏剧学院的毕业生，学的专业又是戏剧文学，莎士比亚理所当然成了我们的“祖师爷”。记得在莫斯科戏剧学院学习时，在外国戏剧史课中，莎士比亚竟占了整整一学期，给我们授课的是俄罗斯莎士比亚研究会主席巴尔塔什维奇。记得为了应付这位学问渊博却十分严厉的教授的考试，我曾在一个学期中把莎士比亚的37部作品全部读完。对莎剧研读得越深，我越是为剧作家罕见的天才而惊叹。此次乍到向往已久的大师的出生地，我真有些不相信自己的眼睛，恍恍惚惚如在梦中。

莎士比亚并非出生于文学世家或贵族之家，他的父亲是个皮手套工匠和商人。在小城的莎士比亚博物馆里，我见到了那个时代留下的皮手套，做得很精致，手指套特别长，因为当时流行长指甲。当年，在斯特拉福城中心有莎士比亚父亲的商店，经商的成功使他参加了市政委员会的活动，并担任过几年市财务官。博物馆里，保存着莎士比亚的出生记录、小时候读书的学校的课桌，还有一个剧院的模型，是一个圆形的剧院，剧院叫做“环球剧院”，莎士比亚离开故乡到伦敦，去的就是这个剧院，这个名称源于当时的一句名言——世界大舞台，舞台小世界。

莎士比亚的故居是一幢两层楼的木房子，保存完好得令人惊讶。这是因为莎士比亚在世时，其戏剧就为英国人所骄傲，因此保留了许多和他有关的东西。屋顶是褐色的茅草顶，底楼地是石板铺的，柱子是木头的，都是16世纪的原物(茅草顶每隔若干年换一次)，屋子很简陋，不过每个房间都有壁炉。窗户玻璃上有许多道弯弯曲曲的刻痕，那是来参观的名人的签名，用钻石刻在上面，有司各特的，有亨利·艾瑞、大卫·嘉尔尼等莎剧演员的。莎士比亚故居从19世纪起就已作为博物馆对外开放了。所以，这些名人刻下的签名，也成了文物。

莎士比亚妻子安妮的娘家也被保留了下来，供人们参观。

莎士比亚是1582年和安妮结婚的。妻子家的条件似乎比他家更好，底楼有一张极老的木靠背长椅，靠背特别高，椅面却特别窄，据说莎士比亚来求婚时就坐过这张椅子。不过，我想坐在上面一定很不舒服。

漫步在幽静的小镇上，我忽然想到，如果当年莎士比亚没有离开小镇，那他就永远只是一个普通的威廉。不过，他为何要放弃小镇安稳的生活，要千里迢迢到举目无亲的伦敦去(当时去伦敦不易，中途经过牛津，还要换马车休息)，到剧团去当一名演员？要去过那种颠沛流离的生活？而许多19世纪的作家，如列夫·托尔斯泰，却宁愿躲到幽静的乡村，撰写长篇巨著。也许，16世纪中期，英国资本主义飞速发展，作为首都的伦敦，闪耀着诱人的光芒。而向往城市生活，向往激情，向往冒险，是许多男人的理想。莎士比亚这一走，面前是完全不同的作为“大舞台”的世界和作为“小世界”的舞台，他的创作激情喷薄而出。其实他的离去，才是他艺术生涯的开始。伦敦，才是他的艺术生命的诞生地。

但故乡毕竟为有这样一个儿子而自豪。斯特拉福每年有一个莎士比亚戏剧节，全世界的有名剧团都以到这里来演出莎剧为荣。“有没有中国的剧团来参加莎士比亚戏剧节?”我问故居博物馆的讲解员。“有，是《李尔王》，是用中国传统戏剧的形式演出的。”我想起来了，那是上海昆剧团的《血手印》。

小镇的饭店也很意思，外观和故居的风格统一，也是古旧的深褐色的茅草屋顶，里面充满了静谧、温馨的氛围。雪白的顶上用黑色线条分隔，垂下古朴的吊灯，宽大的窗儿乎占据了一整面墙，和煦的阳光和深深浅浅的绿色一同涌入。墙上挂着各式各样精美的盘子，加上古雅的壁灯，每个角落都可以入画。

小镇的街口有一尊雕塑。本身并不大的雕塑放在一个高高的底座上。这是一个青铜的小丑，他戴了一顶滑稽的帽子，身子向右倾斜，右足翘起，左手高高地托着一根奇怪的"权杖"，动作有趣，形象生动。

我有些奇怪，为什么写了《哈姆雷特》、《奥赛罗》、《李尔王》、《麦克白》那么多著名悲剧的莎士比亚，他故居的街口放的却是一尊小丑？可能，当年莎士比亚离开故乡到伦敦去，最先当的是跑龙套的小演员，和小丑也差不多，这是他的艺术生涯的起点。也可能，刀光剑影、血腥残杀、悲欢离合、爱恨情仇，对于剧作家来说，在历史和现实中看得太多了，在笔下和舞台上也塑造得太多了，面对冷酷、无情、荒谬的世界，最后他只能将这一切付之一笑。

莎士比亚最后还是回到了家乡，那是 1613 年。三年后的 4 月 23 日，他去世了。这一天，也是他的生日。莎士比亚葬在他的父母身边。他死后七年，他的两位朋友才出版了第一部莎士比亚戏剧集。300 多年过去了，这部最早的戏剧集全英国只剩 90 本了，在故居博物馆里还陈列着一本。

记得莎士比亚的同时代剧作家本·琼生曾为这部戏剧集题词：莎士比亚是时代的灵魂，他不属于一个时代而属于所有的世纪。

故居门前，一丛丛鲜花正静静地开放。

（本文刊于 1999 年《文汇报》笔会）

莎士比亚依然“活”在英国舞台上

伦敦有一座重建的莎士比亚环球剧院，露天剧场、茅草屋顶，完全按照16世纪的样子建造。时值深秋，环球剧院没有演出。不过，伦敦绝不会缺少莎士比亚的故事。我的上海戏剧学院的老同学陈冰定居伦敦，她告诉我，阿波罗剧院正在上演《第十二夜》。我说，一定要看，于是，便和她前去看了一场。

演出7点半开始，我们大概提前20分钟到了。让人惊讶的是，舞台竟然灯火通明，也没有幕布，演员正在舞台上穿戏服、化妆。只见一个时尚的小伙子，穿上长长的袍子，套上假发，然后再在脸上涂脂抹粉，一点一点变成了16世纪的意大利人。舞台上左右两边放了两排木制的双层座位，一边可以坐20多名观众。在订票时就发现有一种“Stage Seat”(舞台座位)，价格是最贵的，70英镑。原来，这就是舞台座位，和演员近在咫尺。

戏开场了，又发现一桩奇事，奥莉薇亚、维奥拉和女仆玛莉亚等几个女性角色都是男人演的，样子扭扭捏捏，说话粗声大气。尤其是那个伯爵小姐奥莉薇亚，一袭黑色的拖地长裙，头戴金冠，颧骨突出的脸涂得煞白，动作十分夸张。

过了一会儿，我恍然大悟：这完完全全回到了莎士比亚时代啦！当时都是男演女，因为没有女演员。另一个证明是舞台两侧的座位。这出《第十二夜》本来是夏天在环球剧院演的，天冷了才搬到这里，所以观众席也是按照环球剧院的样式设计的。

打开节目单细看，得知这的确是最正宗的"莎士比亚风格"：按照当时的惯例，剧团中只有男性演员，所以所有女性角色都由男演员扮演。台上所有的舞台布景、服装、音乐、舞蹈，都全部照搬伊丽莎白时代的传统。布景很简单，舞台后面高高搭起了一层楼板，上面站着一排乐手，根据剧情需要弹奏各种乐器。演员都不用麦克风，但声音可以清晰地传到最后一排。

扮演女主角奥莉薇亚的演员马克·莱兰斯，是一位名演员，是英国奥利弗奖和美国托尼奖的获得者。他个子瘦高，除了声音有点粗哑外，根本看不出已经 52 岁了。从 1995 年到 2005 年，他一直担任环球剧院的艺术导演。作为一名曾演过哈姆雷特、罗密欧、亨利五世等的男演员，此次出演一名少女，也很有特点。为表现贵族少女的矜持，他走路时竟然上身纹丝不动，像脚踩溜冰鞋一样在舞台上"滑行"，可能是借鉴了中国戏曲中的"碎步"。莱兰斯通过丰富的动作、表情，将一个既羞怯、柔弱又大胆追求爱情的贵族小姐，恰到好处地表现出来。在这个演出季，莱兰斯还同时出演莎剧《理查三世》中的理查三世，在男性和女性的角色中自如转换。

在伦敦看到了正宗的莎剧，还是几百年前原汁原味的样式。这让我们非常兴奋。这是一出忠于原著的戏剧，没有恶搞，没有穿越，而剧场里笑声不断。400多年前的大师，和今人对话毫无隔膜，陪伴上千观众度过了一个美妙的夜晚。演出结束后，演员三次谢幕，全体观众起立鼓掌，长达五六分钟之久。

在英国，莎士比亚没有成为书架上的经典、博物馆里的偶像，而是依然生机勃勃地“活”在今天的舞台上。

（本文刊于2013年3月31日《新民晚报》夜光杯）

环球剧院的前世今生

在伦敦，我们继续追踪莎士比亚的足迹。

穿过泰晤士河上最古老的伦敦桥，就来到了泰晤士河的南岸。拐过几条小巷子，一座勾勒着褐色木线条的白色“谷仓”式圆形建筑出现在我们面前。这就是环球剧院。

1558年，伊丽莎白一世即位，她在位的45年间，英国的文学艺术呈现出繁荣景象。莎士比亚和他的环球剧院成为这一时期英国文学的心脏。莎士比亚从1591年开始创作剧本，他加盟了博比奇剧院的“大总管剧团”。这个剧院没过几年就搬到了泰晤士河畔，名为环球剧院，其声望逐渐赶超河对岸的玫瑰剧院，成为伦敦最大的剧院。莎士比亚也成了环球剧院的股东，他的历史剧、四大悲剧、四大喜剧，天天在此上演，说不尽的帝王将相，唱不完的惊世爱情，演不光的人间喜剧。

环球剧院外墙全部用红砖砌成，粉刷成白色，灰褐色的木结构在白墙上勾勒出横的、竖的、斜的均衡的线条。走进剧院里面，只见整个建筑是极高极大的三层木质回廊，大部分是露天的，只有舞台上方和回廊顶部覆盖着茅草屋顶。这也是世界戏剧史上很有名的一座剧院，有着古希腊圆形剧场的风范，剧场内部有一个高出地面1米左右的平台，突出地伸向中心地带，这就是舞台。除了中间露天的一大片座位外，周围回廊还有三层圆形座位，并用廊柱隔开，观众可围绕站在舞台的三边，或坐在回廊里观看演出。

带领我们参观的女讲解员似乎也很有表演天赋。她依次带领我们参观剧院的每一部分，并绘声绘色地给我们描述其特征和作用。她说，当时的舞台就十分先进，上下藏有机械装置。上方的天花板被称作“天空”，由两根粗大的柱子支撑，这柱子是用橡树树干制成，被称作“赫拉克勒斯之柱”。“天空”上边有一个阁楼，扮演天神和天使的演员可以利用绳索或其他装置通过活板门从空中降落到舞台。下面的地板也有个活动门，通向舞台下方的一个房间，演出时这个房间就称为“地狱”，可供魔鬼、女巫出入。天花板和地板下也可以用来设置烟火和特效。后台还有化妆间，演员可以在那里换衣服、化妆，演出结束后从那里退场。

露天的部分被称为“院子”，在莎士比亚时代，这个院子可容纳1 000多名观众，这是最便宜的座位，票价只要1便士，代价是忍受日晒雨淋。“买这种廉价票的观众被成为‘Penny Stinkards’——‘一便士的臭家伙们’！”听了有趣的讲解，游客们无不哈哈大笑。

舞台背后的回廊是乐队演奏者的楼座，有时候也用来布置一些场景，比如城堡的城墙、朱丽叶的阳台等。面对舞台和两侧的回廊则是贵族包厢和绅士包厢，绅士包房票价 6 便士，无论刮风下雨，比较有钱的观众就可以在屋顶下安心看戏。而贵族包房则是最佳位置，打扮得花枝招展的贵妇人在这里观剧、社交。值得赞赏的是，在环球剧院，上流社会和平民百姓可以在同一个空间欣赏艺术。

整个剧院足可容纳 3 000 多人，不过由于是露天的，所以演出必须避开严寒，从 4 月一直演到 10 月，并且在白天演出。

但人们或许想不到，我们面前这座看上去非常古老的剧院是 1987 年重建，1997 年才建成开放的，至今只有 17 岁！

1613 年 6 月，莎士比亚最后一部剧作《亨利八世》在环球剧院上演时，道具爆破引燃的一个火星溅到了环球剧院的茅草屋顶上，从而引发一场大火，剧院被毁，幸运的是全场 3 000 名观众无一伤亡，所有的舞台道具、服装和剧本手稿也被抢救出来。很快，剧院又被热爱戏剧的人们重建起来，但是 1642 年剧院又被清教徒关闭。

直到 300 多年之后的 1987 年，美国人山姆·华纳麦克成立了莎士比亚环球信托基金会后，环球剧院迎来新生。人们在离剧院原址约 200 米处重新奠基，并从 15 世纪遗留下来的为数不多的文献中拼凑出剧场的结构原貌。重建工作持续了 10 年之久，人们用昂贵的橡树木和大理石精心装饰剧院的每一个角落，外形遵循莎士比亚时代的草屋顶和木结构，甚至剧院的后墙都被精心雕刻上早期的古典图案。1997 年 6 月 12 日，重建后的剧场在英国女王伊丽莎白二世的主持下正式开放。首演季节从当年的 6 月 29 日一直持续到 9 月 21 日。此后，剧院每年夏季都上演莎士比亚及其同时代剧作家的作品。

在泰晤士河南岸，距环球剧院不远，有一座南华克大教堂。那是一个风雨交加的傍晚，我和同一培训团的朋友丁琛在探访南岸的古迹时，无意中发现了这座外观朴素的灰色哥特式建筑。它在教堂林立的伦敦并不起眼，更非旅游景点。但事实上，这是一座非常古老的教堂，有近 1 000 年历史，而且这座貌不惊人的教堂，却承载着厚重的历史，弥漫着浓浓的人文气息。它是哈佛大学创始人约翰·哈佛受洗的地方，因为约翰·哈佛出生于伦敦的南华克区并在这里长大。同时，这座教堂，还与莎士比亚、环球剧院以及剧院的重建有着不解之缘。

当年，莎士比亚也常来这里做礼拜，教堂曾留下戏剧大师的足迹。如今，在南廊中也有一个建于 1912 年的莎士比亚纪念堂，由当时发行的公债筹资建造。纪念堂内安放着一尊莎士比亚侧卧雕像，身后的背景为 16 世纪的河畔一带的浮雕，塑像的上端是多幅彩色玻璃绘画，描绘了莎士比亚剧作中的人物、故事，绘制于 1954 年。

更让人肃然起敬的是，纪念堂内还有一块纪念碑，是山姆·华纳麦克纪念碑。纪念碑上写着："纪念那些给予我们珍贵文化遗产的人士，并且在这里为那些对文化艺术有贡献的人而祈祷。"原来，伦敦人没有忘记山姆·华纳麦克，这位为重建环球剧院而付出毕生心血的美国人。

（本文刊于 2014 年 6 月 4 日《文汇报》笔会）

行走苏格兰高地

圣安德鲁斯是大不列颠岛北部的一座海边小城，东临北海。

我们到了苏格兰高地，圣安德鲁斯是此行的第一站。11 月的苏格兰高地，秋意浓浓。连绵不绝的高山和峡谷、一望无际的荒原和密林、波涛翻滚的湛蓝大海，远处飘来的苍凉的风笛声……苏格兰高地那雄奇而独特的景观，如同电影《勇敢的心》中的一幅幅画面，徐徐地在我面前展开。

古老的小城圣安德鲁斯

苏格兰高地由古老的、分裂的高原组成。古老的岩石被水流和冰川分割成峡谷和湖泊，留下来的是一个非常不规则的山区。苏格兰高地人烟稀少，虽然它位于人口密集的英伦三岛上，但这里的人口密度甚至少于瑞典和挪威。圣安德鲁斯小城虽不大，却是苏格兰历史上最著名的城镇之一。它坐落在东海岸法夫行政区，距离爱丁堡仅半小时的车程，曾是中世纪时苏格兰王国的宗教首府。城里有一个非常壮观的教堂遗址，以巨大的石块层层叠起，虽已是断壁残垣，但极有气势，尖顶直插云天。它虽没有那些欧洲著名大教堂的精致，但从残存的遗迹上，仍可想见当年的辉煌。这座圣安德鲁斯大教堂（Saint Andrew's Cathedral）建于12世纪，曾是苏格兰中世纪最伟大的建筑，两座塔尖千年屹立不倒，成为这片风云变幻的高地的最好见证。

小城的名字源于圣徒安德鲁（Andrew）。圣安德鲁斯大教堂便是纪念圣安德鲁而建。苏格兰的旗帜是蓝底白交叉（斜十字），白色的斜十字象征苏格兰的守护圣人圣安德鲁殉道时所用的X形十字架。

虽然圣安德鲁斯名不见经传，但高尔夫球爱好者都知道，这里有世界上第一个高尔夫球场，被称为"高尔夫故乡"。高尔夫博物馆就在海边。海边怪石嶙峋，石缝里生长着绿色的苔藓，海浪拍打着海岸，白色的海鸟成群飞过，远处是童话中的城堡尖顶，景色壮美，是许多电影的天然取景地。

小城还有一个重要的地方——圣安德鲁斯大学。虽然圣安德鲁斯仅10万人，但大学非常有名。圣安德鲁斯大学创立于公元1413年，是苏格兰最古老的大学，其悠久的历史仅次于牛津大学及剑桥大学。目前在英国大学排名中位于第三、第四位。英国王室的威廉王子就是圣安德鲁斯大学毕业的。

离开圣安德鲁斯往北，经过一个比较大的城市邓迪，又到了小镇珀斯，然后前往印弗内斯——苏格兰高地的首府。

印弗内斯

印弗内斯对中国人来说，是一个不太有名的地方。印弗内斯(Inverness),是苏格兰当地盖尔语,即尼斯河河口的意思。尼斯河连接着尼斯湖和北海,因此,这座英国最北端的城市,在历史上因为处于交通要道而变得十分重要。现在它是苏格兰高地区议会所在地。虽然是首府,但却是英国最小的城市之一,仅6.2万人。

小城的中心有一条河,即尼斯河。入夜,位于河畔的银行街,一些餐厅和咖啡馆依然闪耀着灯火,古老的印弗内斯城堡、两座教堂极其瘦削高耸的尖顶、横跨两岸的优雅精美的铁桥,宛如一幅剪影。桥上垂下一幅六叶草的图案。城堡是印弗内斯最古老,也是最著名的地方,有着浅红色的结实外观和锯齿形的围墙,印弗内斯就是从最初的城堡逐渐扩大为小镇和今天的城市。

我们入住印弗内斯的皇家高地酒店。这座酒店原来是一位贵族的宅邸,后改造成了酒店。进门就是一座宽大的扶梯,到二楼向两边分开,如同电影中的贵族开舞会的大厅。房子里到处雕梁画栋,前台挂着伦勃朗风格的油画。房间里挂了三幅画,都是炭笔素描。家具都是欧式古典的,柚木色,抽屉上还镶着金边,中间还嵌有另一种花纹的木板,铜质拉环。窗帘的造型也是古典的,浅黄底子暗红和绿色的花、叶子,顶部有“裙边”,绿色镶边,两把椅子也是包着同样花纹的布面,但花色要纤细些。台灯也是古色古香的。

第二天上午,我们离开印弗内斯,前往尼斯湖。中午11点到达威廉堡,也是一座小镇,有着尖顶的教堂,十分古朴。我们在那里吃了午餐。威廉堡的主要街道宁静安详,都是可爱的小店,服装店、糖果店、古董店……

苏格兰人口稀少，自然环境保护完好，小镇风光如画，朴素安静，如果在这里住上一段时间，定能让一颗心沉静下来。

尼斯湖到底有没有水怪？

一大片宁静深沉的湖水，波澜不兴，澄澈透明，蓝得让人心疼，这就是尼斯湖。世界上最神秘的湖之一。

离开印弗内斯，我们沿着格兰特山脉前行，远处，有一座顶上覆盖着皑皑白雪的山峰。这是尼维斯峰，高 1 343 米，是英伦三岛上的最高峰。山下是苏格兰大峡谷，大峡谷中有一连串淡水湖，从西向东依次是尼斯湖、洛奇湖和奥斯湖，形状都是狭长的，湖水很深。

沿着公路往西北走，一路上，映入眼帘的是迷人的高地秋色，远处是层层叠叠的树木、森林，色彩丰富而有层次，浅绿、浓绿、墨绿、黄色、金色、褐色、红色……近处是刚刚收割的金黄的麦地，上面堆着一卷卷整整齐齐的干草。云层很厚，时而飘落雨滴，时而露出太阳，阳光为森林和草场镀上了一层金色的油彩，富有诗情画意。而且，阳光并非将所有的景物都变成金色，有时仅涂抹中间一层，特别奇妙。忽而，太阳在云层中隐去，眼前又出现了另一幅风景画。路上雨过天青，我们还看到了一条大彩虹。

不时有成群的海鸥飞过，它们是来找食物的，因为这里的土地刚翻过，有很多虫子可吃。森林边也有大片的绿草地，上面有星星点点的绵羊，悠闲地吃草，却不见牧羊人。绵羊长得很肥壮，因为苏格兰寒冷，所以出产的羊毛、羊绒质量很高。时而也能看到高地牛，长长的毛披下来，就像牦牛一样。

苏格兰高地的美是粗犷的，是自然的，更是原生态的。一路上几乎没有人工雕琢的痕迹，甚至连建筑物也很少，除了公路、低矮的住宅外，只有一些白色的风力发电机，高高的叶片在风中转啊转。

尼斯湖的出名自然是因为“尼斯湖水怪”了。尽管知道不可能有见到水怪的运气，我们还是兴致勃勃地前来一睹真容。湖的两边都是山峦，一眼就可望到对岸，但却望不到两端。湖边草色已经泛黄，但仍间杂着白色的野花，几棵树上有红色的小果子，应该是醋栗吧，煞是好看。湖边的介绍铭牌写道：湖长 39 公里，宽 2.4 公里，平均深度达 200 米，最深处有 293 米。尼斯湖面积虽不大，但如此之深，世上罕见，里面要藏个什么怪物也是很容易的吧？

铭牌上画了一个从水中伸出长长头颈的怪物。这水怪究竟是什么？数百年来众说纷纭，但比较集中的是“蛇颈龙”。早在 1 500 多年前，这里就开始流传尼斯湖中有巨大怪兽出来吞食人畜的故事。最轰动的水怪之说传开，是在 1934 年。一名伦敦的医生途经尼斯湖，正好发现水怪在湖中游动。他用相机拍下了水怪的照片，其特征是长长的脖子和扁小的头部，看上去完全不像任何一种水生动物，而很像早七千多万年前灭绝的巨大爬行动物蛇颈龙！后来，还有很多人声称见到过水怪，还拍下了黑色巨型长颈生物在湖中出没的影片。

尼斯湖里的神秘生物，吸引了无数人前来寻找它的踪迹。但是，多年来，美国和英国科学考察队数次前去考察和抓捕，却从未找到过水怪的踪影。而且研究发现，湖水中鱼虾很少，难以支持如此庞大的生物生存。

此次苏格兰高地之行，对于尼斯湖水怪，我又听到了好几种说法。有人说，水怪其实是在湖中洗澡的大象！因为在20世纪30年代，尼斯湖地区有马戏团，而马戏团里有大象表演，大象在休息时经常到湖里嬉戏。远远望去，庞大的身体一半在水中，一半在水面，并露出长鼻子的大象，就成了“水怪”。而水怪目击事件最多的，也正好是这个时期。

我的一位英国朋友还告诉我，近年来曾有媒体报道，几十年前的尼斯湖水怪的照片后来证明是伪造的。还有报道说，在尼斯湖附近的一个山洞中还发现了水怪的模型。尼斯湖水怪可能是一个“周老虎事件”，即当地有关部门为吸引游客而故意制造出来的！

尼斯湖水怪之谜，真是越来越扑朔迷离了。其真正的谜底，不知何时能够揭开？

（本文刊于2013年4月《东方航空》）

爱丁堡的魔女

——J. K. 罗琳寻踪

“十九年来，哈利的伤疤再也没有疼过，一切都很好。”

2007年1月11日晚上，当J. K. 罗琳在爱丁堡巴莫落酒店552房间里，写下小说《哈利·波特与死亡圣器》的最后一行字后，号啕大哭。她从冰柜里拿出一小瓶香槟，一饮而尽。17年的《哈利·波特》写作旅程，告一段落。

这部给全世界数亿儿童和成人带来无穷幻想、想象和欢乐的系列儿童文学作品，就诞生在苏格兰首府爱丁堡，伴随着苦难和忧愁而生。

哈利·波特的诞生地

人们都说，爱丁堡是英国最美的城市，有着“北方雅典”的称谓。来到爱丁堡，已是晚上。漫步街头，到处都是深褐色的巨大建筑、高耸入云的教堂、古典风格的名人铜像，鲜有亮丽的色彩，显得格外凝重。一条条用卵石铺成的小巷依山而上，纵横交错，通向迷宫般的老城区。

爱丁堡的中文名字也是名副其实，城里最著名的古迹就是一座城堡——爱丁堡城堡，早先的王宫。登上新城东部卡尔顿山，远眺蓝色的福斯海湾，鸟瞰爱丁堡全貌，让人顿时想起苏格兰诗人彭斯的那句诗："我的心在高原！"头顶，那座酷似古希腊神庙的建筑伫立风中，显得极有气势，不过，四方的神庙只有一半儿。听说，爱丁堡之所以有"北方雅典"之称，就在于这座国家纪念碑。它是19世纪模仿雅典帕提农神庙，为纪念在拿破仑战争中的牺牲者而建造的。然而，却因预算不足而未完工。然而，恰恰是这座未完工的巨大建筑物，却给人以一种遗世独立的历史沧桑感，更具魅力。

这样一座人口不过50万的城市，却有着令人惊叹的文学传统。作家奥尔特·司各特、诗人罗伯特·彭斯、《金银岛》和《化身博士》的作者史蒂文森、福尔摩斯的创造者柯南·道尔，都是爱丁堡人。王子大街上最醒目的高塔就是司各特纪念碑，高达60米，这也是世界上最大的一座作家纪念碑。所以，这里孕育出一位风靡全球的儿童文学作家J. K. 罗琳，也就不足为奇了。

听说，罗琳写作《哈利·波特》的那个咖啡馆就在爱丁堡，而且就在市中心。离开爱丁堡的那天早晨，我们前去寻找这座咖啡馆。

我们大约在8点20分左右来到纳尔逊大街23号，"大象咖啡馆(The Elephant House)"几个金色的大字映入眼帘。咖啡馆是红色的，在街上很醒目，门廊两边挂着两盆花，花架旁边的一个装饰物也是大象。我们来得太早了，咖啡店还没有营业，不过里面已经有灯光了，里面的服务人员在做开门前的准备。从玻璃窗望进去，咖啡馆里面也有大象木雕，原来，这是一家反对猎杀大象、保护野生动物的主题咖啡馆。门口还贴着一张招贴画，上写“哈利·波特诞生地”，还有一张照片，是罗琳坐在咖啡桌前写作的镜头。她身穿蓝色棉布衬衣，披着一头红色的长发，一手支着脑袋，一手拿一笔，在一本摊开的本子上写着，面前盛着咖啡的，是一个很小的纸杯。

当时，罗琳生下女儿才 4 个月，就和葡萄牙丈夫分居了，来到爱丁堡她妹妹家。因为靠救济金生活，家里没有暖气，她是推着婴儿车，在温暖的咖啡馆里写下了《哈利·波特》的第一部和第二部的。这真是让人感慨，罗琳的故事再一次印证了这样一个规律：一般说来，伟大的作品都诞生于贫困、不幸、痛苦之中。很多年前我去过卡夫卡在布拉格的故居，一个狭小黑暗的阁楼，他在那里写下了传世之作《城堡》和《审判》。贫穷往往孕育出不朽，而富足和平庸则是双生子。

作品本身的惊人“魔法”

《哈利·波特》系列本身最惊人的“魔法”，则莫过于对这位贫困单身妈妈命运的改变。在写作《哈利·波特》第一、第二部时，罗琳住在放着别人送的旧家具的陋室里，第一部第一版只印了 500 册，然而，小说当年就摘得大英图书奖的年度儿童书奖。在写作《哈利·波特》后几部时，罗琳的境况已今非昔比，以前，她只能在巴莫落酒店附近的大象咖啡馆写作，后来，她则在这家五星级酒店一晚近 1 000 英镑的套房内写作。《哈利·波特》七部共卖出 4.5 亿册，罗琳也因此成为全球最富有的作家之一。

现在，罗琳已是英国第三富婆，比英国女王还富有。这也是她当初没有想到的。2001 年，她和现在的丈夫尼尔·莫瑞结婚。他们还住在爱丁堡，又生了两个孩子，过着幸福的生活。她的社会地位也不断提高，2008 年，她在哈佛大学的毕业典礼上作演讲；2012 年，在伦敦奥运会开幕式上，她朗诵了《彼得·潘》中的一段文字。

《哈利·波特》的小说和电影拥有无数粉丝，人们都被其奇幻的想象力和丰富的情感而吸引。它诞生于爱丁堡，一点也不奇怪。在历史悠久、富有艺术气息的爱丁堡，墙上的每一块石头、地下每一块卵石，都藏着一个个故事。爱丁堡也有很多关于巫师和魔法的传说，据说中世纪的时候曾烧死了几百个女巫。我曾在 1998 年来过爱丁堡，参加过“爱丁堡鬼魂游”，跟着两个带着“僵尸”和“吸血鬼”面具的小伙子边穿小巷，边听他们讲恐怖故事，既吓人又刺激，非常有趣。或许是这些激发了罗琳的灵感。

爱丁堡对诗人和作家充满了敬意。联合国教科文组织于 2004 年将爱丁堡命名为世界文化遗产城市，不仅仅因为其荟萃欧洲中世纪特色建筑，更因为其深厚的文学传统。其“世遗”的又一正式名称是“文学之城”(City of Literature)。这也是世界上第一座获得“文学之城”称号的城市。而今，“魔女”罗琳也成了“文学爱丁堡”的新标志。

英国人毫不掩饰对哈利·波特的喜爱。在伦敦，我们前往在《哈利·波特》中无数次提到的伦敦国王十字火车站。在女作家的笔下，通往霍格沃茨魔法学校的火车就是在这个火车站的“九又四分之三站台”发车的。在幻想文学评论家眼中，这个站台的设计极妙，它既特别，又不突兀，成为现实生活与魔法世界的分界点。

来到国王十字火车站，只见九号和十号站台的附近，黄色的砖墙上赫然有一辆嵌在墙里的手推车。它仿佛正在被魔法学校的学生推着，马上就要穿墙而过，到达另一个世界。幽默的英国人为了满足“哈迷”的愿望，在这里制作了这样一个雕塑。我们仿佛看见第一次去学校的哈利推着手推车，茫然地问工作人员：“九又四分之三站台在哪里?”许多孩子来到这里，蹦跳着，欢笑着，争着与手推车合影留念。

最近，罗琳又出版了她的首部成人小说《偶发空缺》，希望完成从儿童文学作家到成人小说作家的转型。当然，对于这位畅销书作家，也是见仁见智。在剑桥大学学习时，一位年迈的学者就说：狄更斯的小说能够流传100多年，《哈利·波特》能吗?

我们也想反问一句：为什么不能?

（本文刊于2013年10月《博览群书》杂志）

心灵的震撼

歌德说过:“读一本好书,就是和一位高尚的人对话。”同样,欣赏一幅好画,也是和一位卓越的艺术家作心灵的交流。尽管我在伦敦的行程十分紧凑,我还是挤出半天时间,饱览了英国国家美术馆内两千余幅名画原作。尽管与艺术大师们“相约”的时间是那么短促,但我得到的心灵震撼是巨大的。

英国国家美术馆是欧洲著名的艺术博物馆之一,与法国的卢浮宫、俄罗斯的冬宫博物馆一样,是艺术家心中的圣殿。它是一座灰色的古典风格的大建筑,有着爱奥尼柱式的大门廊、罗马式穹隆顶,里面收藏着自 1260 年至 1900 年间的两千多幅西欧名画。

步入墙上、顶上雕刻着精美纹饰的展厅,一位又一位在欧洲美术史上被反复提及的艺术家的名字、一幅又一幅从前只在画册上见过的名画不断跃入我的眼睛,一次又一次撞击着我的心房。

按照历史顺序,我首先看的是中世纪展厅,那些圣像画中的人物面孔严肃，动作僵硬，人体结构、比例不协调，他们的神态用“呆若木鸡”来形容十分确切。奇怪的是画的框架精雕细刻，时隔六七百年仍金光闪闪，但画框的精美更衬托出了作品的苍白。

以后的展厅就截然不同，意大利文艺复兴时期的光芒打破了中世纪的呆板和沉闷。《维纳斯与战神》一看便知是波提切利所作，因为画中的维纳斯那椭圆的脸、金色的卷发、纤长的身体，以及带有梦幻似的惆怅的神情，都令人联想起另两幅名作《春》和《维纳斯的诞生》，这几幅画都有一种艺术史家所称的“波提切利的妩媚”。在60号展厅，我找到了两幅拉斐尔的作品，《十字架上的耶稣和圣母、圣徒》和《亚历山大的圣凯瑟琳》，虽不是他最有名的作品，但也能看出这位文艺复兴大师独有的柔和、优雅与和谐。威尼斯画派的提香、丁托列托、委罗纳斯等的作品占了四五个展厅，他们作品的一个共同的特点是热情且富于想象，色彩明丽丰富，洋溢着欢乐气氛。人文主义对人之美的肯定和赞颂，在这里达到了极致。

28号展厅全部陈列着鲁本斯的作品。这位法兰德斯画家擅画丰满的女人体，是巴洛克风格的完美体现者。面前的这幅《战争与和平》，使我想起了他具有传奇色彩的经历。鲁本斯一开始从事绘画创作，就受到国王的爱护和信任，后来他又涉足政治，成为一名出色外交官，多次成功地完成国王交付的使命。1629年他奉西班牙国王之命出使英国，巩固两国所缔结的和平条约。有人看到他在作画，便问道：“大使先生，您是业余画家吧？”鲁本斯愉快地回答道：“不，绘画是我的专业，业余我才当大使玩儿。”这幅别有深意的《战争与和平》的油画，便是他送给英王查理一世的礼物，以此打破了外交的僵局。此外，著名的《帕里斯的审判》、《罗马狂欢》、《苏珊娜肖像》等均历历在目。三四百年过去了，画中人物的肌肤及绸缎衣裙的皱褶仍色彩鲜明，闪耀着迷人的光泽，实在令人惊叹。

被誉为“17世纪荷兰一切艺术之冠”的伦勃朗的作品，陈列在14号厅里，其中有我熟悉的《莎士基亚像》和两幅《自画像》。莎士基亚是伦勃朗的第一个妻子，正如画中那般美丽温柔，她给伦勃朗当模特儿，为他生了四个孩子，陪伴他度过了幸福快乐的前半生。但伦勃朗37岁那年，磨难接踵而至：他的著名的《夜警》不被接受，名誉遭诋毁，后来莎士基亚也死了，四个孩子只剩了一个。两幅自画像生动地表现了伦勃朗生命中两个阶段的精神风貌：作于34岁那年的那幅意气风发，眼睛里神采闪耀，但63岁那年所作的自画像中，我看到的是一张疲惫的、刻着深深皱纹的脸和一双痛苦地注视着世界的眼睛。画完这幅画后不久，伦勃朗这双痛苦的眼睛也失明了，他饱经磨难的人生之路也走到了尽头。然而，三百多年过去了，当年给予伦勃朗不公正待遇的人，早已灰飞烟灭，不知所终，可是伦勃朗忧郁、严峻的目光，却在今天仍注视着每一位参观者。他的卓绝的艺术创作使他成为不朽。

走进18世纪法国展厅，一股独特的法兰西气息扑面而来。一幅幅油画的主人公——贵族男子、女士们无不衣着华贵，举止优雅，眼神中流露出对奢华生活的满足。受到路易十五和蓬巴杜夫人宠爱的宫廷画家布歇笔下照例是色调浓艳的神话故事。展厅里，一幅大幅的年轻女子肖像引起了我的注意。画中女子二十出头的年纪，穿着并不奢华的出门裙服，头戴一顶插有羽毛的大草帽，似正外出郊游。她五官雅致，笑容甜美，有一种当时女性身上不常见的青春活力。最为特别的是，她的左手拿着调色板和画笔。走近一看，才知是勒布伦的自画像。勒布伦是欧洲18世纪不多的几位女画家之一，她笔触细腻，自成一格。

在其他展厅里，大师们的作品继续给人以强烈的冲击：普桑、凡·代克、委拉斯凯兹、丢勒、透纳、戈雅、大卫、德拉克洛瓦……古典主义、浪漫主义、现实主义等各种流派的作品纷至沓来，令人目不暇接。

走进印象派的几个展厅，明媚的阳光和变幻的色彩立即笼罩住了每一个人，也许是离我们时代最近的缘故吧，这里的参观者最多。马奈的《咖啡馆的一角》，塞尚的《自画像》、《父亲肖像》，德加的芭蕾舞女，毕沙罗的风景画，均有鲜明的个性。乍见莫奈的《开满荷花的池塘》，我像遇到了老友一般惊喜，我家中珍藏着一本莫奈的画册，封面就是这一幅。绿色的池塘，点点粉红的荷花，横跨池塘的一座白色的小桥，无不体现出一种静谧的美。如今站在原作面前，我似乎闻到了空气中浮动着荷花的清香。点彩派的创造者修拉的作品数量也很多，最大的一幅《河边的兄弟》，近看只是斑斑驳驳的彩色点子，远看则会发现流淌的河流、透明的阳光、模糊的人物，似真似幻，达到了一种奇妙的效果。

站在凡·高的《扎绷带的自画像》和《向日葵》前，我的心又一次被深深震撼了。前者几乎被所有的艺术史论著作提及，那是1888年底，凡·高在一次可怕的精神激动和高烧中割去了自己的一只耳朵，他把它洗干净后，送给了一个妓女。后来，当他清醒过来之后便作了这幅自画像。画中的凡·高脸容消瘦，绿色的眼睛出奇的亮，红色的头发桀骜不驯地竖立着，这位为艺术而献出自己一切的画家痛苦的灵魂在这里隐约可见。《向日葵》大概是凡·高知名度最高的画了，他一共画过六七幅，第二次世界大战时有一幅在日本被毁，几年前，另一幅《向日葵》被拍卖了八千多万美元，创造了艺术品价格的最高纪录。可谁想得到，100 年前，创作了 1 700 幅画的凡·高作品无人赏识，短短的一生始终无法摆脱穷困，生前只卖出了一幅画！

下午 6 点，闭馆的铃声把我惊醒，我恋恋不舍地走出了美术馆。因为这些原作实在太珍贵了。然而，最令人感动的是，伦敦的国家美术馆是免费开放的。数以千计的名画价值难以估计，要保存、维护它们也要大笔资金，然而，参观者却不需付出什么。展厅里不时可以看到一些年轻人在原作前临摹，美术馆是最好的课堂，一幅幅名作是最好的老师。我很羡慕他们，能够经常来这里与大师们进行心灵的交流，得到精神的沟通。

对于生活在大都市、整天忙忙碌碌的人们来说，这样的心灵的震撼，弥足珍贵。这也是我的英国之行的最大收获。

（本文刊于 1999 年 11 月《文汇报》笔会）

泰特现代艺术馆印象

泰特现代艺术馆位于泰晤士河边，巨大的建筑四四方方，一色深褐色的砖墙，没有什么多余的装饰，顶部却有两层玻璃，高耸入云的烟囱仿佛在告诉人们它不同寻常的过去。这座由发电厂改建成的美术馆，本身已成为伦敦的一景，也成为世界上老厂房重新利用的著名范本。

泰特现代艺术馆由两名年轻的瑞士建筑师改建而成，他们将巨大的涡轮车间改造成具有主要通道和集散地功能的大厅，又在主楼顶部加盖两层高的“玻璃盒子”，不仅为美术馆提供充足的自然光线，还为观众提供舒适而浪漫的咖啡座。在巨大烟囱的顶部，加盖了一个由半透明的薄板制成的顶，因为由瑞士政府出资，所以命名为“瑞士之光”，如今，它已成为伦敦夜景不可缺少的一部分。

美术馆并未按传统的年代编排方式陈列它的艺术品，而是把艺术品分成三大类，分别摆放在二楼至四楼的展厅内。这三大类是：诗意与梦想、转换的视觉、结构和明晰。这种割破历史脉络的陈列方式使得观众在同一个空间与时间与不同年代围绕同一主题创作的艺术品相遇。不同的艺术思维和创作手段在此直接碰撞,这正是泰特现代艺术馆的高明之处,也是它指引人们思考艺术的精神魅力所在。

每一层都有 11～12 个展厅,有的展厅以画家名字命名,有的有一个确定的主题,如"后现实主义及超越"、"关于人的新印象"、"结构主义"、"立体派",等等。所有艺术家的作品都被打乱,根据其不同时期作品的不同风格,放在不同的展厅。如毕加索的作品,分别出现在三个展厅。从涡轮大厅来到二楼,映入眼帘的是许多幅现代派绘画,2 号馆"后现实主义及超越",毕加索的一幅《女子半身像》陈列在此,这是他早期作品,还比较写实。而在 7 号"倾斜的裸女"主题馆中,毕加索的三幅裸女赫然陈列,人物已经变形,堪称惊世之作。在"立体派"展馆,又有他的两幅作品——《坐着的裸女》和《盛放水果、小提琴和瓶子的大碗》,以及他的一个雕塑《女人头》。毕加索的雕塑作品,一般不大见得到。

泰特艺术馆对于历史上的大师并没有我们想象中的膜拜。比如三楼的 10 号展厅陈列着莫奈的一幅巨大的《睡莲》,这幅是莫奈晚年的著名作品,他因视力下降,看出去的颜色已不准确,画出来的荷塘有些偏黄色。而莫奈的名字并没有标在展厅主题中,而这个主题竟然是"挽歌",似乎象征着新生代的艺术流派层出不穷,对于印象派来说则是日薄西山,该唱挽歌送别的时候了。

四楼非常精彩,第一个展厅就是马蒂斯的一幅大型作品——《蜗牛》。橙色的底上，不规则地排列着红、绿、蓝、紫、白等方方的色块，中间一些色块围成半圆，看上去勉强是一个蜗牛，色彩鲜艳，似乎出自儿童之手。马蒂斯是“野兽派”的代表。不过，在第一层的“超现实主义”中，也有他一幅女人的肖像，是他早年的作品，还比较写实。“环抽象艺术 1920～1935”大展厅，有俄罗斯抽象派代表人物康定斯基的《摇摆》，有蒙德里安的作品——熟悉的小方色块和黑色直线条的组合——20 年前上海曾流行过这种图案的气压式热水瓶。“立体派”展厅还有一幅俄罗斯画家冈察洛娃的《亚麻布》，创作于 1913 年，这也是现代派艺术中为数不多的女画家的作品，可见 20 世纪初俄罗斯的现代派绘画也是异彩纷呈。

而有些在中国并不出名的艺术家，却上了展厅名字，如 1 号厅托马斯·西斯霍恩。他的作品是一组雕塑《带脑袋的大烛台》，木架子上插着八支的“烛台”，大的比真人还大，小的只有胳膊那么大，都包着黄色纸，上面露出一部分人的脑袋，有的露脸，有的露顶，有的露下巴，给人以无限的想象。艺术家出生于 1957 年，这是他 2006 年的作品。

在泰特，你才知道什么是“现代艺术”！这里可以看到用各种材料来涂抹、堆砌、“破坏”的作品。就拿画布来说，有撕开一条口子的画布，有打了洞的画布，有拧烂的画布。不少作品简直匪夷所思：有的是一大堆切开的钢片纠在一起，悬挂在顶上；有的是两块锈迹斑斑的大圆铁块，叠放在一起；有的好像是一堆烂泥，层层堆在那里；有的是一圈矮矮的石头阵；有的是几捆干树枝堆在一起……在一个黑暗的展厅里，透出一丝微光，仔细看去，是两张银色长条桌面对面上下叠在一起，长条桌中间的缝隙透出一道光来。还有一件作品，就是一面镜子，名为《画布上的镜子》，还是两名英国艺术家合作的作品。

这里给人一种强烈的感觉，似乎缪斯的灵魂在这里飘荡。只要你有想象力，有创造力，任何材料都可以用来建造你的艺术王国！

在四楼的咖啡馆坐下来喝一杯咖啡，从巨大的玻璃窗望出去，圣保罗大教堂的圆顶清晰可辨，泰晤士河缓缓流淌，身边是如此千奇百怪的艺术品，这种感觉真是太棒了。如果要用一句话来评价泰特现代艺术馆，那就是：艺术无极限！

（本文刊于2013年11月19日《新民晚报》夜光杯）

福尔摩斯先生，你还好吗？

消瘦的双颊、鹰钩鼻子、锐利的眼睛、黑色的长披风、永不离手的烟斗……走出地铁贝克街站，一座高大的黑色铜像杵在了你面前。

福尔摩斯！

130 多年前，毕业于爱丁堡医学院的医生柯南·道尔因诊所生意不佳，便在等候病人的空当提笔写起了小说。于是，一个举世无双的神探横空出世，一种新的文学类型——侦探小说也随之诞生。一时间，伦敦的报纸洛阳纸贵，市民在报摊前排着长队，等待着连载福尔摩斯故事的报纸的出炉。这个集孤傲、敏锐、智慧、勇气、幽默于一身的英国男人，拥有了无数铁杆粉丝。以至于在《最后一案》中福尔摩斯与恶魔教授在决战中双双坠崖而死，市民痛哭流涕，还有人别起了黑丝带，更多的小说迷无法接受这个事实。于是，8 年后，福尔摩斯又在《巴斯克维尔猎犬》中现身。

《福尔摩斯探案全集》被译成了多种文字。而这位文学作品中的人物自 1886 年诞生以来，更是成为世界各国的神探的代名词。

柯南·道尔无意间造就了一个传奇。

贝克街 221B，是小说中福尔摩斯和华生医生在伦敦的住所。而现在在伦敦，真的可以找到这栋房子！

这是一栋四层楼房子，褐墙白窗，小小的拱券门，老式煤气灯，门口站着一个身着维多利亚时期服装的帅哥警察。旁边一块牌子，上书“1881 年至 1904 年，私家侦探歇洛克·福尔摩斯在这里生活和办公”。想当年，福尔摩斯来到伦敦，看中这栋经济实惠的房子，想和人分租，而在印度染上伤寒回国养病的华生也挺中意。于是两人合租下这栋房子，更成了一生挚友。

手持房东赫德森太太出具的“住宿证明”，我们推门进入房子。进门就是一条狭小的木扶梯。“你知道从一楼到二楼的阶梯有几级？”“……”“17 级。”这是小说中福尔摩斯与华生的对话。数一数，正好是 17 级。一切，都保持着 19 世纪末的样子。

二楼是一个书房，不到 20 平方米，摆满了古典风格的家具，拥挤却不杂乱。墙上贴着暗红色的墙纸，深栗色的壁炉里燃着熊熊的炉火。进门右手就是一张长沙发，沙发上挂着五只烟斗。左手边是一张书桌，上面摆着许多书和工具箱，里面装着卷尺、指南针、警笛、迷你照明灯，等等。壁炉前有两把扶手椅，茶几上摆着主人的帽子、放大镜。迎面的墙上有两扇华生所描述的“面向贝克街的大窗户”，窗下是一张小餐桌，摆着两套盘子、餐巾和全套银餐具，燃着两支蜡烛，仿佛大侦探和助手马上就要回来用餐。另一个墙角也有一个小书桌，桌上放了一堆试管烧瓶之类的东西，椅子上还有一把小提琴。想起来了，福尔摩斯从少年时就拉小提琴，思考、推理间隙也会用音乐来消除疲劳。

对面的房间更小，摆了一张单人床，墙上挂着一件黑色风衣。“这是福尔摩斯先生的卧室。”一位身着深色长裙、套着白围裙的“女仆”笑着告诉我。

谜底揭开了：贝克街221B的真实“身份”是福尔摩斯博物馆。据介绍，伦敦确实有贝克街，但是历史上并没有221号B。由于太多的福尔摩斯迷按图索骥，来此寻找偶像的踪迹，所以，这幢原来为客栈的小房子后来被改建为博物馆。为一位文学作品中的人物建博物馆，这是很少见的。小小的房子足以折射出大侦探的魅力。

沿着楼梯上三楼，墙上整齐地排列着的一排小画，为小楼增添了浓浓的艺术气息。仍然是一大一小两个房间的格局。大房间里，放着一尊福尔摩斯的胸像，玻璃柜里还有一封福尔摩斯写给华生的信，发黄的信纸上的时间是1888年10月8日。小房间的桌子上摆着怀表、书、手枪，以及一台极像“三五牌”台钟的座钟。正当我们沉浸在当年故事的追索之中时，窗前的游客留言本又把我们拉回现实。“女仆”又指指楼上介绍说，四楼的大房间是房东太太的住处，对面的小间则是华生住的。

走上四楼，如果没有思想准备会吓一跳。房间的各个角落是一组组逼真的蜡像，展示了小说故事中的一个个经典场景。这边，一个穿着华丽服饰的贵族女人左手撩开面纱，右手持枪，向一个男人开枪射击。这一幕是来自《米尔沃顿》，这个男人是她的丈夫。那边，一个盛装的白衣女郎手拿一张照片，面对着一个衣着华贵，带着假面眼罩的男人，原来这一幕来自《波西米亚丑闻》。门口，一个男人正在书桌前奋笔疾书，旁边的说明是《红发会》，在这个故事中福尔摩斯揭穿了一伙罪犯企图挖地洞盗银行的阴谋，并最终将他们逮捕归案。墙角里，两个男人正打开一个竖起来的棺材，棺材里有一个包着白布的女人，女人的眼睛是睁着的！这个场景来自《弗朗西斯·卡法克斯女士的失踪》。靠窗还有一张桌子，上面摆着世界各国的读者给福尔摩斯的来信，最近的竟是2012年的。桌子下有一个玻璃罩着的箱子，里面是一个《巴斯克维尔猎犬》的微缩场景。

正当我们看得入神时，窗下沙发上坐着的一尊“蜡像”突然动了一下。是个真人！这是一位有七八十岁的老人，身着浅色西装，一直坐在那里，脸上也没什么表情。他摇动了一下微缩场景的把手，里面的人和猎犬突然活动了，还伴随着可怕的咆哮声。

这一下，可真把我们吓着了！

走出房间，有人悄悄回头看，只见“蜡像”慢慢站了起来，收拾起了桌上的展品。原来是位工作人员啊！假作真时真亦假。我们再一次为英国人的创意和幽默而鼓掌。

走下老房子的木扶梯。楼梯角上，一丛红、白两色的玫瑰在绿叶的映衬下，格外鲜活。再望一眼福尔摩斯的书房，仿佛可以感受到大侦探的气息。来到阳光下，门口是等候进入的长队。一时间，让人分不清自己身在何处。福尔摩斯，到底有没有真正存在过？

“福尔摩斯这个人啊，从来没存在过，可也从来没有真正消失过!”英国人自豪地说。

是啊,这个世界如此神秘莫测,谁知道呢?大半个世纪以来,《福尔摩斯》无数次被改编成电影、电视剧,那个鹰钩鼻子、烟斗不离手的经典形象深入人心。我忽然想起,福尔摩斯在今天的屏幕上也有最新造型。2010 年,英国 BBC 又拍摄了以福尔摩斯故事为蓝本的系列剧《神探夏洛克》。扮演夏洛克的卷发演员本尼迪克特·康伯巴奇年轻帅气、自命不凡,被粉丝们亲昵地称为“卷福”。紧张刺激的案子、匪夷所思的罪犯、抽丝剥茧的推理、意想不到的结局……“卷福”让 19 世纪的福尔摩斯在 21 世纪复活了。这不,追剧的人们疯狂地捧着平板电脑,等着第三季的“卷福”闪亮登场。

嗬,永远的福尔摩斯!

一头鲸的体重等于多少个你?

伦敦地铁南肯星顿站附近集中了三座著名的博物馆——维多利亚和艾尔伯特博物馆、自然史博物馆和科学博物馆。地铁出口很多,要去这几家博物馆该走哪个出口? 没关系,一点都不用迟疑,只要跟着一群群身着校服、唧唧喳喳的孩子们走就行了。

作为课堂,英国的博物馆、美术馆的优越性确实无可匹敌。大名鼎鼎的大英博物馆、国家美术馆自不必说,而知名度没有那么高的自然史博物馆同样值得一看。维多利亚风格的建筑,本身就像一件艺术品,而里面成千上万件展品,更是具有难以估量的科学价值。

走进自然史博物馆的大门,是一个开阔的大厅,穹顶左右各有一排透明的玻璃,让阳光洒落。迎面就是一座巨大的恐龙化石骨架,四条腿支撑着拱起的身躯,细长的头颈几乎占了四分之一的身体,顶着小得不成比例的脑袋,纤细的尾巴向上弯曲……这头恐龙足有 26 米长,普通照相机难以拍下它的全貌。旁边的说明告诉我们它的学名：梁龙，曾经是陆地上最大的动物之一。

博物馆分为蓝、绿、红、橙四个区。蓝色区有各种陆地和海洋生物的化石、标本，其中恐龙更有一个专门的两层展馆，什么三角龙、翼龙、蛇颈龙，应有尽有，让人仿佛走进了“侏罗纪公园”，角落里还有一头张牙舞爪的机器霸王龙，不时发出可怕的吼声。绿色区有数不清的鸟类标本、矿物宝石以及人类的进化史，其中有著名的渡渡鸟的标本。红色区域有三层，通过自动扶梯，进入“地球的内部”，可探寻地球的奥秘。橙色区域是一个巨大的“茧”，高七层，展示各类昆虫，也是科学家的研究场所，被馆方用透明的玻璃隔开，游客可以近距离观看科学家的工作。

大厅两头分别有台阶通向二楼，一头放着达尔文的雕像，另一头是一个直径达六七米的“圆盘”。仔细看，才知是一棵巨树的剖面化石，旁边的说明写道：这是一棵红杉，生于 557 年、死于 1892 年，树龄达 1 300 多年，它活着的时候高达 80 米，胸径达 27 米。望着这“巨无霸”红杉一圈一圈细细的年轮，感觉非常震撼！

在博物馆内，一群身穿绿色校服的十一二岁的学生，正三三两两席地而坐，对着墙上展出海洋生物化石在白纸上描画着。看到我们走过，有几个胆大的男生咕哝了一句“你好”！“你们会中文？”我们惊喜地问道。孩子们说，他们这学期开始学中文，只会说很简单的几句，他们还拿出自己的画给我们看。随后，我和学生们及他们的老师交谈了起来。

这些孩子来自伦敦南部的一所公立初中，年龄是 11～14 岁。这几天正值学校的“创新周”，学校制定了多条参观访问项目，每个项目都是2～3天，有博物馆，也有户外场馆，学生们可以任选一至两个项目。就拿参观自然史博物馆的孩子们来说，他们要挑选自己感兴趣的化石，先画下来，在下一周做出雕塑模型，然后学校会举办一个小型展览会，让大家展示自己的作品，交流分享。

为什么要这么做？那位名叫艾瑞斯的老师说，孩子们这个年龄阶段最重要的是建立感知世界的能力。在这个全球化的时代，只有具备了感知世界的能力，才能更好地成长。艾瑞斯并不认同过早的填鸭式的教育，他说，与其在课堂里死读书，不如带他们出来开阔眼界。所以，每个学期，学校都会组织几次外出参观。

博物馆的核心功能是教育。这是英国博物馆界多年来的普遍共识。而孩子们来博物馆，并不是逛一圈就完事了，要在博物馆里认真上好一课，并不简单，对老师也有很高的要求。我还经常在博物馆里看到高年级的学生拿着纸笔在展品前做记录，相互热烈地讨论着，回去后，他们要针对有关专题写研究报告。

在博物馆里，不仅有成群结队的中小学生，还有许多坐在手推车里的娃娃，甚至有的连话都不会说、路都不会走，就被爸爸妈妈推着来参观博物馆。自然博物馆的恐龙化石、鸟儿标本、海洋生物模型，让许多蹒跚学步的孩子都兴致盎然。

很多博物馆还针对学生设计了许多互动项目，并不追求高成本、高投入，但都趣味盎然。博物馆哺乳动物区，空中吊着一头庞大无比的“蓝鲸”，它并非标本，只是一个木制的模型，但完全按照真实蓝鲸的模样仿造，有近30米长，头部、身躯、尾巴，甚至大嘴和牙齿，都做得极其逼真。边上还有一个互动项目：展板上是一排动物图案，分别是北极熊、骆驼、非洲象、蓝鲸等动物，地下是一个秤，人可以站上去，只要按亮那个动物的按钮，就会显示出这个动物的体重是你的多少倍。我看到一个六七岁的小女孩站上去，先按了北极熊的按钮，显示出北极熊的体重是她的15倍，然后她又按了蓝鲸，显示出蓝鲸体重是她的3 750倍！

真是太有意思了！中国的孩子，也知道蓝鲸是地球上最大的动物，但无法想象出它到底有多大。在这里，孩子们不仅看到了蓝鲸，还直观地通过和自己的体重比较，知道它有多重！

眼前的这一切，让人不由得感慨，与英国在博物馆里参观、上课的孩子相比，我们的孩子的学习过程太不快乐了，书本和题海几乎就是等同于学习。其实，上海也有高质量的博物馆。我小的时候，就在父亲的带领下去参观过自然博物馆，当时，那座马门溪龙的完整骨架刚刚运抵上海，占据了整个大厅，在我幼年的心中引起极大的震撼。

我非常想奉劝中国的家长：双休日和寒暑假，让孩子多去博物馆走走看看，收获一定超过补习班。

当西方遇见东方

英国大学的博物馆是英国高等学府的重要组成部分。来自权威组织的报告指出，英国最知名的四所大学博物馆在其所属领域都“扮演着重要文化贡献者的角色”。这四所大学博物馆分别是：牛津大学阿什莫伦博物馆、曼彻斯特大学博物馆、剑桥大学菲茨威廉博物馆以及格拉斯哥大学的亨特里安博物馆。

这次在英国培训期间，我造访了其中的两座——剑桥大学菲茨威廉博物馆和牛津大学阿什莫伦博物馆。作为英国最著名的两所大学，牛津大学和剑桥大学之间的关系很有意思，一直互不服气，甚至有着“牛剑之争”。从建校时间上看，牛津大学比剑桥大学更早一些。牛津大学成立于 1168 年。1209 年，一批从牛津分离出来的教师和学生创立了剑桥大学。

由于在牛津的时间总共只有大半天，我放弃了午餐，用一个多小时的时间参观了阿什莫伦博物馆。这座博物馆全称为“阿什莫伦艺术与考古博物馆”，建于 1683 年。可别小看这座大学里的博物馆，它是英国也是全世界第一个公共博物馆，建馆时间远远早于大英博物馆。

阿什莫伦博物馆共五层，馆藏丰富，古代部分涵盖了自旧石器时代前期到维多利亚时代的整个人类史，建馆最初期的收藏品至今保存完好；Cast 画廊的收藏是全英国最多和最好的，还有大量古代希腊罗马雕塑品的碎片；西方艺术部分则汇集了中世纪至今的欧洲（包括俄罗斯）油画、素描、印刷品、雕刻、实用艺术品、乐器。

在博物馆里，一个特别的主题展厅引起了我的兴趣，上面书写几个大字："穿越文化，穿越时空——当西方遇见东方。"

再细看陈列品和说明，就更有意思了："自从 15 世纪的地理大发现后，商人的商船从东亚运来了瓷器、漆器和印度的棉纺织品。它们的流行改变了欧洲人的口味。"展厅中，放着多组瓷器，有三件粗看都是东方的，其实却只有一件是 17 世纪日本的，还有两件是 18 世纪法国尚蒂伊瓷器厂仿制的，从造型到颜色、花纹几乎一模一样。欧洲的陶瓷艺术中有一类是瓷偶，非常精致、漂亮。这里也展出了几组东西方瓷偶，从造型、釉色都可以看出欧洲瓷偶对中国陶瓷人像的模仿。

17、18 世纪，当中国的瓷器、茶叶、丝绸、漆器传到欧洲的时候，欧洲也掀起了一股"东方热"，以用中国物品为时尚。在俄罗斯彼得大帝极尽奢华的冬宫中，就专门有一间"中国厅"。当时由于中国货非常稀罕、昂贵，买不起的人也会用一些仿制品，这就催生了一些工厂仿制东方瓷器、漆器。这种风潮，就如同今天的不少中国人崇尚西方文化，追赶欧美的流行，甚至不惜仿造类似风格的产品、起一些外国名字来吸引人。

我忽有所悟，东方文化从来都具有深厚的历史积淀，也不缺少自信。请不要忘记：东方人“曾经改变欧洲人的口味”！

进入21世纪，当西方再次遇见东方，其内涵有了新的变化，东方的艺术和历史文化再次显示了独特的魅力。不久前，在莎士比亚的故乡斯特拉福镇，我看到了一幅巨大的戏剧海报，竟然是元曲大家纪君祥的《赵氏孤儿》！原来，《赵氏孤儿》经英国剧作家詹姆斯·芬顿改编后，英文版于11月8日在斯特拉福的天鹅剧场上演，这也是皇家莎士比亚剧院诠释的第一部中国舞台剧。金发碧眼的英国演员穿上中国元代的服饰，将以自己的理解和表达，来演绎700多年前东方人的爱恨情仇。

2012年5月5日至11月11日，剑桥大学博物馆举办了一个“追寻不朽——中国汉代墓葬精华展”，徐州博物馆和西汉南越王博物馆的350余件汉代文物首次在海外亮相，其中包括金缕玉衣等珍贵文物，展览引起轰动，观者踊跃。

如今，走在伦敦街头，孩子会对着东方面孔的我们说“你好”。现在，英国普遍鼓励小学将汉语作为外语进行教学。

然而，值得思考的是，我们带给世界的东西，不应只是传统文化艺术，而可以送去更多新的高科技成就和现代文明成果。除了莫言，我们还有更多的当代文艺家的优秀作品可以输出。

当西方再度遇见东方。中国，准备好了吗？

（本文刊于2011年11月28日《新民晚报》“新民随笔”专栏）

科芬园

科芬园是伦敦一个特别的去处，尤其是周末。

游人要找科芬园，很容易。出了地铁站，跟着密集的人流走就可以了。在总共700万人口的伦敦，很少有这样人头攒动的景象。

在入口处，迎接你的是一个身穿黑斗篷、脸色雪白的“吸血鬼”，不过一点也不恐怖。一路往前，是一个个奇特逼真的活体雕塑。有一个浑身银色的表演者最为神奇，他全身悬空，仅左手拄着根拐杖，许多孩子围着他看，研究他用什么支撑身体的。给表演者一点零钱，他们就会高兴地和你合影。还有张桌子上面放着个笼子，笼子里伸出个狗头和两只爪子，再仔细看，那狗头居然是人的脑袋！

再往前走，就是广场了。这边有人变魔术，那边有人表演耍刀子，围观者不时爆发出惊呼声和欢笑声。再走过去，是一个奇大无比的圣诞“麋鹿”，身披绿植，带着红白格子帽子和围巾，足有十米高。刚和绿色鹿儿合完影，一转眼又看到了几头真的小鹿。它们被圈在围栏里，系着红丝带，十分可爱，两位驯鹿的漂亮姑娘热情地向游人分发绒草，孩子们兴高采烈地排队去喂小鹿。

广场边上是一座带廊柱的古老建筑，写着“科芬园集市”的大字。室内有一部分是“苹果市集”，都是出售手工艺品和小玩意的，也有给人画像的。摆摊的人来自世界各国，如意大利人出售烧制的精美玻璃饰品，还有中国人在这里出售写有书法的卡片。

室内还有一片宽阔的中庭，边上的一排小店被米黄色的拱门隔开，光线从半透明的弧形顶棚照进来，顶上掉下来一个个硕大的红色玻璃球，从二楼的回廊往下看，情调十足。中庭有几个食品摊位，出售各种小吃。几个帅哥在卖西班牙海鲜饭，4 英镑一小份，7.5 英镑一大份，现做现卖，五彩的蔬菜和米饭在大铁盘里“起舞”，热气腾腾，让人得到味觉、视觉的双重享受。

科芬园的历史很古老，可以追溯到中世纪，当时是修道院的花园，16、17 世纪成为伦敦的蔬果市场，因人气旺盛，因此卖的东西越来越丰富，还有许多民间艺人加入。有人说这里像上海的城隍庙，也有人把它比作“集中了各种把式的老北京天桥”。在这里，你逛上大半天也不觉得厌倦，难怪官方的评价是“最具伦敦特色、最有趣的购物地点”。

忽然耳闻一阵动听的音乐声，原来那边的中庭的咖啡座有小乐队在演奏。四男两女，四把小提琴、两把大提琴，两位年轻女子都是亚裔。他们演奏的是古典音乐，技巧娴熟，表演却不中规中矩，四位小提琴手边走边拉，边跳边拉，领头的那位肢体动作最丰富，甚至夸张、搞笑。观众纷纷报以热烈的掌声。最后，他们演奏了一曲《查尔达什》，这个吉卜赛风格的小提琴曲和他们的演奏风格十分吻合，现场互动达到顶点。地上摆着他们的CD，10 英镑一张。因为喜欢，我也买了一张。

表演完毕，他们收起乐器。我和领头的小提琴手爱德华聊了起来。原来，这个演奏团体叫“古典涂鸦”，在科芬园演出已经 20 年了！爱德华本人参与也有 15 年了。他说，到这里来表演要申请许可，也要缴纳管理费，团队每天都来表演，不过人员不固定，但时间只有半小时。“古典涂鸦”还经常应邀到其他场合以及电台演奏呢。

确实，国外街头艺人的水准不低，有的是为生计所迫，更多的则是喜欢这样的生活方式。听说著名影星汤唯在人生低谷期，到英国读书，也曾做过街头艺人，她曾到科芬园来表演行为艺术、时装秀，拿着海绵刷在地上写书法，给人画像，赚取学费和生活费。这成为她艺术生涯中一段宝贵的经历。我想，正是有了科芬园这样一个包容性极强的舞台，各种文化、各种艺术、各种奇思妙想得以在这里展示，许多有才艺的人得以在这里追梦。

诺丁山

知道诺丁山，是因为电影《诺丁山》。一个书店小老板和一个好莱坞大明星撞出了火花，给这个伦敦西部的地方蒙上了别样的浪漫色彩。其实，诺丁山本来就是伦敦一个特别的地区，一方面是因为波特·贝露市场——一个卖古董的周末跳蚤市场；其次是诺丁山狂欢节。

深秋的一个下午，在好友陈冰的陪同下，我来到了诺丁山。虽然离市中心不远，但这里的街道都不宽，楼房也不高，没有摩天大楼、玻璃幕墙，没有广告牌、霓虹灯，显得典雅清幽。有一条小街给我印象最深，两旁都是四层楼高的大房子，有的是维多利亚风格，有的是乔治风格，建筑色彩淡雅，给人以均衡、高贵的美感。如果不是马路边停得整整齐齐的轿车，你会觉得回到了狄更斯的时代。

陈冰告诉我，在多年前，诺丁山是远离伦敦市中心的地方，房子大，环境幽静，因而聚集了不少王公贵族、上流社会人士、艺术家，也吸引了中产阶层来此居住，是典型的高尚住宅区。不过，后来又有了许多加勒比移民，使这里充满异国情调和蓬勃的生命力，每年8月举行诺丁山狂欢节，成为伦敦一景。

再往街区深处走，两旁的房子更矮了，只有两三层，但依然精致，有些墙上爬满了常青藤。安静的街道上，有放学的小孩子，踩着滑板车回家。沿街的店铺都不大，但大都个性鲜明，五光十色，让人目不暇接。有一些出售手绘陶瓷等工艺品的，富有小资情调。还有一家卖首饰的，橱窗里挂满了项链、戒指、耳环，璀璨夺目，进去一看，更是金光灿灿，设计感十足，仿佛进入了阿里巴巴的山洞！

电影中人声鼎沸的集市就在这里。由于不是周末，而且英国秋冬季天暗得早，市场已大部分收摊，只有零星几个卖服装、围巾、水果的摊位。路上行人也不多，丝毫没有狂欢节的疯狂劲儿。听说，周末的集市还是很热闹的。这一点我相信，因为街上竖着交通标志：周六不能通车。“到时候就都是摆摊的了，世界各国的古董都有。”好友说，还有一些卖小吃的，像德国烤香肠，想起来口水也要流出来了……她说，诺丁山因为富有艺术气质，包容度大，有一些服装品牌早年便是从这里起家。听说有的只是一个设计师开的小店，销售个性独特的服装、饰品，一些明星都喜欢来光顾，于是慢慢做大，后来越做越大，成为大品牌，在世界各地都开出专卖店。

我的主要目的不是集市，而是电影《诺丁山》的那家书店原型。几经周折，多次询问，直到天色已晚，我们终于在波特·贝露路的某个街角找到了一家书店，门面很小，沿街的正面墙都是玻璃橱窗，整齐地展示着许多书刊。招牌是“诺丁山书店”。门的上方挂着一块椭圆形的蓝牌子，蓝牌子是英国特有的历史建筑、名人故居等特殊建筑的“名片”。这块蓝牌子上书：“正是这家书店给了导演灵感，以它为原型，在电影里才有了著名的旅行书店。”

走进书店，里面不过二三十平方米，沿墙都是一排排木质书架，错落有致地摆放着各种书籍。黄色的灯光格外温暖。我心想，要是在这里看一会儿书，肯定很惬意。不过，这里卖的好像不仅是旅行书籍、画册，这是怎么回事呢？女店员微笑着说，这家书店原来是一家旅行书店，可是，就在去年末经营不善，易主了。现在还是开书店，不过变成了综合性书店。

原来如“彼”啊！

11 月末的伦敦，寒风瑟瑟。找寻了两个多小时的我们有点哆嗦了，连忙拐进了一家西班牙烤鸡店，点了烤鸡、米饭、薯条，手捧一杯拿铁咖啡，一股暖意慢慢升了起来。

后来，关于这家电影原型书店，还有一段小插曲。同行的一位学员、上海电视台外语频道主持人刘舒佳说，她也去了诺丁山，也找到了书店原型，在另一条街的拐角，不过现在是一家鞋店，而店员斩钉截铁地告诉她，当年电影就是在这里拍的。她还从这家店的位置以及周围环境和电影镜头进行了对比，肯定是这家。后来，我们分析，两者可能都没错，我找到的那家书店是人物、故事原型，而由于这家书店的环境不理想，电影拍摄地便转到了现在是鞋店的那家书店！

英国湖区：如诗如画的童话世界

初见湖区，一大片清澈的湖水倒映着连绵的远山，并没有惊艳的感觉。

湖区位于英格兰北部，顾名思义，是一连串连成片的湖，共有 16 个，大小不一，分别名为温德米尔湖、格拉斯米尔湖、德温特湖，等等，总面积达 2 300 平方公里。湖区被群山围绕，其中的斯科菲峰是英格兰地区的最高峰。

在湖边慢慢走着，只见水蓝得出奇，微微泛着波澜，如同一大块蓝缎子；湖水清得出奇，碧蓝的天空投影在水中，将湖水变成了巨大的蓝水晶。湖边多水鸟，水鸭、绿头鸭、海鸥、天鹅，撒一点吃食，它们便展开翅膀，扑棱棱地飞来啄食，与人为邻，友好相处。湖畔白帆点点，炊烟袅袅，宁静安详。

渐渐地，我便悟出湖区的不同寻常之处了。这里尽管距大城市只有数十公里，也是被英国人称为“后花园”的度假胜地，却没有什么现代化气息。湖区以农牧业为主，环绕湖区的，都是苍翠的山丘、宽阔的田野、三三两两的牛羊……在湖区最大的温德米尔镇，街道窄窄的、弯弯的，不见高楼大厦，没有品牌商店，连湖边为数不多的供游人歇脚的小酒馆、小铺子，也都是两层楼的木头房子，估摸着从华兹华斯时代以来就没怎么改变过。

华兹华斯是英国著名浪漫主义诗人，18 世纪末 19 世纪初，他和诗人柯勒律治、骚塞长期隐居在此，湖区的诗情画意激发了他们的灵感，留下了许多不朽诗篇，被称为“湖畔派”诗人。华兹华斯的名作《水仙花》，便描绘了湖区春天的景色：“金色的水仙花迎春开放/在树荫下，在湖水边/迎着微风起舞翩翩/连绵不绝，如繁星灿烂……”这里至今还有华兹华斯的故居。

在温德米尔镇一条街的拐角上，忽见一家小店，橱窗里有着一只穿着蓝外套的兔子，竖着长长的耳朵，憨憨地站着。“彼得兔！”同行的朋友叫了起来。是的，在英国，我经常看到这只兔子。它是一部著名的儿童文学作品的主人公，已经 100 多岁了！

走上前去，可惜不巧商店关门。在小店橱窗张贴的介绍中，我得知，湖区还是彼得兔的诞生地。女作家比阿特丽克斯·波特随父亲来到湖区，被这片宁静而诗意的大自然激发了灵感，创作出了童话和大量插图，成为不朽的经典。成名后，波特在湖区买下了 15 个农场约 4 000 英亩的土地，和这片大自然终身相伴。临终前，她把自己拥有的 4 000 多英亩土地全部留给了国家信托组织，这也使湖区得到了更好的保护。

回到上海，意外地发现，《彼得兔》已被翻译成了中文，最早的是 2011 年的版本。难怪我们小时候不知道这个大名鼎鼎的童话人物。翻了好几部《彼得兔》故事，发现它的艺术价值在于文字与绘画的完美结合。波特的书里，最了不起的是她的插图。

几乎每一小段文字，都配以彩色插图，极为传神。所有的兔子、松鼠、猫咪、老鼠，都是身穿人的衣服的，比如缀有繁复花边的长裙、考究的燕尾服……小动物们都是站立的，用双足行走，而且有着人的性格、情感和智慧，但身体又是圆圆的，胖乎乎的，可爱非常，仿佛是动物世界的“维多利亚时代的贵族和市民”。

有人将《彼得兔》誉为“儿童文学的圣经”，我觉得，这是指其在英语国家孩子中的普及程度而言。从文学的角度来看，比阿特丽克斯·波特的童话文字浅显，故事有趣，适合低幼儿童阅读。在这个世界里，尽管有欺骗，有危险，有小诡计，但主人公永远都化险为夷，一切都很温馨。个人觉得，其思想性和文学性不如安徒生童话和《绿野仙踪》等作品。

躺在沙发上，和女儿共读《彼得兔》，英格兰湖区那片世外桃源的景象，又浮现在我的眼前。

（本文刊于 2013 年 7 月 23 日《新民晚报》旅游周刊）

英式早餐和英国“粢饭糕”

在世界各国的早餐中，英式早餐是比较有名的。在英国学习期间，每天都品尝经典的英式早餐，其丰富和美味果然名不虚传。

英式早餐分冷热两部分。热食有烤培根、香肠、烤番茄、烧蘑菇、煮豆子，煮豆子是把黄豆在红红的茄汁中烧得酥酥的，甜中带酸。热食中的鸡蛋有煎蛋和炒蛋两种。冷食有各种麦片冲冷牛奶，有的餐厅还有切片火腿、萨拉米（意大利熏肠）、干酪、烟熏三文鱼等。

大部分地方的热食区还有一种三角形油炸食品，金黄色的，十分诱人。我把它称作“英国粢饭糕”。它的大小正好是上海的粢饭糕的一半（斜着对切）。一口咬下去，外脆内软，香喷喷的。细细咀嚼，才发现原来是土豆做的，土豆切成碎丁后，捏成三角形，然后放在油里炸。听说这种炸土豆饼热量很高，但还是忍不住每天吃一块。有的餐厅还有一种黑黑的片状食物，叫做“黑布丁”，是咸的，咬一口，软软的，听说是用猪血、肉泥混合猪油做的，类似中国的血肠。在苏格兰时还吃到一种特别的东西——哈吉斯(Haggis)，羊肉杂碎布丁，是将羊肉末、小米等塞在羊胃里，煮熟后切成片吃，看上去黑乎乎的。这两种咸味“布丁”，我有点吃不惯。

面包在另一个区域，有好几种，切片的可以放在烤面包机里烤一下，最好吃的是一种羊角面包，又松又软。涂面包的有黄油、奶酪、果酱、巧克力酱等。此外还有水果，一般是切成小块的甜瓜、橙子、西柚、菠萝，英国人喜食甜食，边上还放着鲜红诱人的草莓酱、酸奶，让客人浇在水果上吃。

搭配早餐的饮料有各种果汁，橙汁、苹果汁、西柚汁、番茄汁等。进餐厅坐下后，服务员就会问你要咖啡还是茶，然后送过来。英国红茶久负盛名，果然香浓而提神。如果这些自助的吃腻了，在大部分酒店还可以另外单点，如蛋卷、热粥、热巧克力、热拿铁咖啡等，都包含在早餐费中。蛋卷英文是 Omelet，做法是鸡蛋打匀后放入油锅，里面裹上切成丁的培根、火腿、蘑菇、洋葱、番茄等，也可加上起司，煎到两面金黄后起锅。一份蛋卷很大，女孩子可以两人合吃一份，滚烫的蛋卷送进嘴里，培根蘑菇和鸡蛋的香味在舌尖上完美地混合在一起。

途经多个城市，入住不同的酒店，不过，早餐都是大同小异。英式早餐没有蔬菜沙拉，但有热的蔬菜，蘑菇、烤番茄、煮豆子是必备的，堪称“老三样”。这一点，比较符合中国人的口味。

与简单的欧陆早餐相比，英式早餐荤素搭配，营养丰富，饱餐一顿后，往往中午都不觉得饿。现在才理解为什么英国人午餐那么简单，一个三明治了事，或索性不吃，到下午喝下午茶。

在英国饮食文化中，英式早餐是一大亮点。英国人也因此而自豪，他们说，英式早餐是世界上最棒的早餐！

住在酒店或家庭旅馆里，这样的英式早餐都是包含在住宿费中的。如果单独吃早餐，这样一份早餐在 8～10 英镑左右。街头的小饭店、咖啡馆也单独供应早餐，品种没这么多，只需 5 英镑。

（本文刊于 2012 年 12 月 13 日《新民晚报》好吃周刊）

在丽兹酒店喝下午茶

时下，喝下午茶在国内已成为一大流行，尤其是一众小资们。而下午茶的源头，则在不列颠的王公贵妇的客厅。到了英国，如果不去品尝一次英式下午茶，绝对是一大遗憾。在英国，能喝到正宗的英式下午茶的地方很多，当然，茶、茶具、茶点，以及环境和服务，各家酒店、餐厅、咖啡馆还是有很大差别的，甚至在不同城市都有不同的喝茶习俗。我们选了著名的丽兹酒店喝下午茶。

丽兹酒店(The Ritz)位于伦敦市中心的皮卡迪利街上，就在皇家绿公园(Green Park)边上。这是伦敦最豪华的酒店，曾经的所有者是戴安娜王妃后来的男友，一个中东富豪，最近以16亿英镑易主。这顿下午茶是我们培训团的“英国通”刘舒佳小姐订的。因为下午5点半的全部订满了，只有晚上7点半，所以下午茶变成了晚茶。

走进丽兹酒店，仿佛走进了一个金碧辉煌的梦幻世界，一股20世纪初上流社会的贵族气息扑面而来。高大的大理石柱子、黑色的铁艺栏杆、青翠茂盛的棕榈树、屋顶一圈金色的装饰，间或是一座座浮雕头像，奢华伴随着雅致……让人目不暇接。

其实，和许多历史悠久的建筑相比，丽兹酒店并不是非常古老。它建于 1906 年，当时是伦敦第一座大型钢架结构建筑。2002 年 1 月，酒店被查尔斯王子授予“王室御用宴会餐饮服务商”的称号，据称是第一家，也是唯一获得此项殊荣的酒店。

我们先到存衣间寄存了大衣，然后到休息区等候。休息区十分宽敞，有着一圈一圈的拱门，垂下厚重的花纹雅致的帷幔。顶上都是金色的和白色的浮雕，两个拱门之间，垂下一盏大大的金色的枝形吊灯，枝蔓繁复，华丽非凡。两边的墙上，则是一个个古典风格的壁灯，地上铺着长长的波斯地毯，每个角落都被古典风格的椅子、沙发、挂钟、鲜花围绕，巴洛克风格的白色边柜上，放着黑色的小雕塑，白色的矮柱上方放着一盆盆新鲜的白色兰花，要知道，在纬度相当于我国北方的伦敦，兰花可是很珍稀的哦。总之，这里处处可以入画，每个角落都是一个电影镜头。

前厅的大圆桌上，摆着一个银制的大花瓶，插着一束极大的淡橘色的百合。忽然，一阵弦乐和钢琴的美妙合奏传入我的耳朵。定睛一看，四位演奏者正在分别演奏小提琴、大提琴、低音提琴和钢琴。其中的两位上了年纪，演奏小提琴的那位老者甚至有 80 岁了，弹奏钢琴的也是位老太，身板消瘦、挺直，风度极佳，不时沉浸在自己的音乐中。

休息区边上有一个小厅，与华丽得让人目眩的大厅不同，这里的布置优雅而简洁。靠墙放着一张大理石面、金色边框的桌子，上面挂着一幅油画，桌上摆了两张照片，其中一张是伊丽莎白女王，中间还有一个白色的胸像。小厅的另一边是两张布面金边的扶手椅。等候的时候，在舒适的扶手椅上坐一会儿，也很惬意。

所有的服务员都是男士，身穿黑色燕尾服，里面是白衬衫、红马甲，扎着黑色领结，彬彬有礼，笑容可掬。7 点半，我们预约的时间到了，服务生礼貌地请我们入座。走上几步台阶，只见大厅顶部下面一圈精细的装饰，用的是罕见的金绿色。靠墙有四面大镜子，周围镶着金色洛可可风格的边框，仿佛回到了路易十四的时代。引人注目的是，四周点缀着盆栽的棕榈树，这种英国并不生长的热带植物，移植到这里，没有不协调之感，却别有一种热烈的效果，难怪这个厅叫“Palm Court(棕榈厅)”。大厅里放了 20 多张桌子，大部分是四人的圆桌，也有两人的方桌，地方不大，却不觉得拥挤，可能是因为镜子扩张了空间的缘故。

之所以花了这么多笔墨来描述酒店大厅的环境，是因为觉得与严谨的英伦风格不同，热情奔放，充满法兰西的浪漫风情。后来询问了服务员，果然丽兹酒店的设计师是位法国人，棕榈也正是法国地中海边上的戛纳等小城的象征。

我们坐在最靠近乐手的地方。桌子上放着精美的菜单，茶点都是统一的，茶有多个品种可以点，甚至有中国的普洱！我点了一壶伯爵茶。不一会儿，茶上来了，茶壶、奶罐和糖罐等都是银质的，茶杯和点心碟是白色骨瓷的，镶着淡绿色的花边。茶杯边上有一个银质的小碟，上面放着一个银质小茶漏。服务生按照女士优先的顺序，依次为我们斟茶，茶通过小茶漏倒进茶杯，防止茶叶掉进去。盛在骨瓷茶杯里的伯爵茶，泛着金红色的光泽，散发着幽幽的香气。

三层塔形的茶点也上来了，从下到上分别是三明治、松饼、甜点。三明治有五种：火腿、金枪鱼、奶酪、鸡蛋和黄瓜；松饼是嵌着葡萄干的，松软可口；甜点有四种：巧克力蛋糕、蛋糕、蔓越莓挞、小泡芙。下午茶点心的品尝也是有顺序的，要从下往上，先咸后甜。值得一提的是松饼(Scone)，这是英国人“原创”的甜品，更是英式下午茶所必备，咬上一口，松软可口，满嘴香甜。旁边还有果酱和掼奶油，用来蘸着吃，涂了掼奶油更香，而抹了果酱则别具酸甜风味。西式点心最大的特点是甜，英式下午茶的茶点也不例外，幸好有上好的红茶解腻。

在法国风情的大厅里品尝英式下午茶，耳边是悠扬的古典音乐，和好友聊着天，一时间，忘记了身在何处。

喝茶时，又有服务员推着餐车过来，车上有两大块长长的蛋糕，表情略带夸张地告诉大家这是刚刚出炉的，有需要就切下一片送上。由于三层塔实在量太足，我们就几个人分享了一片。

这样一顿下午茶，每人 42 英镑，我们还另外支付了小费。英国整体物价在欧洲算高的，丽兹酒店的下午茶，与其环境、服务、食物相比，其实还是相称的。回国后，我曾在香港的半岛酒店喝过一次下午茶，大厅里也有高大的棕榈树，不过茶点远没有丽兹的丰富，三明治都是迷你的，350 港币一人，而且坐了一个多小时后，服务员就“勤快”地来收餐盘了。

在伦敦乘地铁

伦敦的交通便利。作为大英帝国的首都，伦敦还开创了交通方面的许多第一，比如世界上第一条地铁就在这里诞生的。2013年初，伦敦地铁庆祝了150周年纪念，查尔斯王子和卡米拉夫妇还乘坐了一趟地铁以示庆贺。

伦敦的第一条地铁名为“大都会线”(Metropolitan Line)。现在常用的地铁英文单词Metro，估计就是从“大都会线”而来，这个字眼不仅在英语国家通用，连俄语中的“地铁”也是如此。不过，伦敦地铁站的标志上写的却不是Metro，而是一个红圈中间一条蓝色的Underground，在马路上很醒目。而英国人自己对地铁的称呼则更为特别——Tube，管子！想想也很形象，地铁行驶在四通八达的地下隧道里，不就是在一根根大管子里穿行嘛！

在英国学习期间，我们一开始是乘大巴。在剑桥学习一个星期，因为住在郊外的宾馆，所以每天乘郊区巴士往返，双层巴士，十分舒适，而且很空，从来没有坐满过。后一个月，常住伦敦，住在西面的 Hammersmith，相当于上海的中山公园位置，离地铁站只有三分钟距离，而且好几条线在这里都有车站，便开始跟地铁打交道。

那天晚上，从海德公园那里的利兹卡尔顿酒店喝完下午茶，发现地铁站就在眼前，决定乘地铁回宾馆。买了一张单程车票，短短几站路就要 4.3 英镑，合人民币 43 元。这个票价让我和我的小伙伴都惊呆了。在英国，在星巴克喝杯咖啡只要两点几英镑，吃个快餐也不过四五英镑，交通费跟上海比倒是贵十倍。

后来，我们的陪同说，你们五个人，这点路程坐地铁不划算，其实可以打的回来。这倒是的，英国的出租车都是黑色的“老爷车”，很宽大，后面有两排位子，一共可以坐五个乘客。

伦敦的地铁共有 12 条线，如大都会线、皮卡迪利线、维多利亚线、东伦敦线等，由环线串起，地铁图如蛛网一般密密麻麻。有一天我们去东区看英超球赛，回来时坐地铁绿线，从东面的西汉姆站坐到 Hammersmith，竟坐了 23 站！

伦敦地铁票价不仅贵而且十分复杂。大伦敦是一个长宽各 40 公里的城市，以环状划分成一到六区，一区二区是市中心，六区则是近郊了。同行的学员买过一张一区至三区的单人往返票，要 7.5 英镑；如果是全天所有区不限次的单人票，则要十几英镑。团队票则便宜很多。后来，接待方经常会发给我们一张地铁票，一区至六区全通，全天无限制乘坐，因为是团队购买，一张只要 4.3 英镑！

后来，老同学陈冰给我送来一张 Oyster Card（牡蛎卡），相当于上海的公交卡，用卡乘车可以优惠，单程只需 2.3 英镑。而且，如果你全天乘坐次数多，累计达到十几英镑，再乘地铁就不再扣款了。在我的示范下，许多团友都去办了这张 Oyster Card。办卡要付押金，离开时可以退。

伦敦地铁因为人流量大，高峰时也十分拥挤，甚至有一趟车上不去的。有些地铁站因为年代久远，没有考虑到后来乘客的激增，也没有空间再建自动扶梯，如科芬园站，没有自动扶梯，而是由两台大电梯运送乘客，要等候不少时间，但英国人依次排队，很有耐心和秩序。有的车站建得很深，也没有自动扶梯。有一次，我们出了列车，等电梯实在等不及，便沿着楼梯上走，楼梯一圈一圈，长得望不到头，走了一半十分后悔，但又不可能再回去，只能硬着头皮继续往上走。

让人惊讶的是，除了乘地铁，伦敦的地铁票还有另外的用处。听英国人说，凭当天的地铁票，还可以无限制地乘坐地面公交车。一位好友此次赴英国，抱着试试看的心理上了公交车，拿出当天的地铁票问驾驶员："可以乘车吗?"驾驶员回答："当然了!"

英国人过马路

在人们的印象中，欧美国家的人都很遵守交通规则，行人过马路严守“红灯停、绿灯行”，循规蹈矩的英国人更是如此。不少人还以此教育国人，说我们乱穿马路的行为，体现出和外国人文明素质的差距。但事实上，英国马路上的情景让我大跌眼镜。

英国的路口，红绿灯下大多有行人通过的按钮，按下后，过一会儿绿灯就会亮起。但在大马路或繁忙的路口，往往也要等上两分钟。刚到伦敦过马路，红灯亮起，大家都等在路口，但不一会儿，有几个英国人看看左右无车，大步穿过了马路，这时候，信号灯分明还是红的！后来，我们发现，这种情况并不鲜见，特别是小马路。而且，乱穿马路的男女老少都有。有时候在红灯前老老实实等候着的，只有我们几个中国人。

有一次，我去伦敦的国家剧院看话剧。在距剧院不远的路口，正值晚高峰，交通繁忙，但人们依然抢在机动车之前乱穿马路，以致有辆轿车无法正常通行，司机愤怒地鸣响了喇叭。这也是我在英国 40 多天听到的唯一一次鸣号。

最近，网上调侃中国人过马路：“凑够一撮人就可以走了，和红绿灯无关。”在英国，似乎连一撮人都不用凑够，只要没车，抬脚就过了。

英国人一直都这样过马路？就我自己的经验来看，并非如此。我14年前来过英国，那时秩序比现在好很多，在路口，行人都很有耐心地等候绿灯亮起，几乎没有人乱穿马路。和英国朋友交流起这种情况，他们也面露尴尬。究其原因，有的说是信号灯设置不合理，红灯时间太长，人们不愿意等待。还有，近年来，从世界各地而来的移民大增，如伦敦的人口在几年内就从600多万人增加到了800万人，或许新移民把交通陋习带到了英国，很快“传染”给了一板一眼的英国人。

当然，英国人的许多文明规范还是值得我们学习：机动车绝不随意加塞变道，转弯时礼让行人；街上干净，无人乱扔垃圾；公共场所不闻争吵声，拥挤的地方总可听见“Sorry（对不起）”……只是，乱穿马路的情况提醒我们：人群的文明素养并非一成不变，可以从差变好，也可以从好变差。我们的城市也应以此为鉴。

（本文刊于2012年12月12日《新民晚报》“新民随笔”专栏）

英国的慈善商店

温德米尔是英格兰北部一个宁静的小镇，面对着湛蓝的温德米尔湖。小镇街道不宽，房子都只有两层楼高，尖尖的屋顶，仿佛童话世界一样。房子的底楼开着一间间面包店、咖啡馆、糖果店、服饰店，还有一些“创意小店”，很有情调。

我们随意走进一家小店，里面什么都有，男女服装、鞋帽、饰品、日用品，还有一些精致的小玩意……商品也挺便宜，如一整套茶具才20多英镑，一件名牌毛衣十几英镑。朋友买了一件衣服，过了半天觉得不合适，想退，却被告知不能退，只能换其他物品。在处处都可以无理由退货的英国，怎么还有刚买了东西不能退的？朋友又问店员：“这衣服是新的吗？”店员答：“不是。”

仔细打听才知，这家店名中有“Charity”一词，即“慈善商店”，里面的东西都是人们捐赠的，大多是二手物品，但清洗、整理得十分干净。由于是二手货，所以卖得便宜，所得都用于慈善事业。而慈善商店所出售的东西，是不能退的。

回到伦敦，遇到老同学陈冰。她说，英国慈善商店很普遍，出售物品所得款项都注入基金会，而基金会有各种各样的，有的是关爱儿童的，有的是帮助某种疾病患者的，有的是保护动物的。慈善商店的营业员有很多是不拿报酬的志愿者。她不久前把一个闲置的旧箱子和几件旧衣服捐给了家附近的慈善商店，过了几天，收到这家商店的信，告诉她说已有物品出售了，所得款项 8 英镑多，将捐给救助宠物基金会。另外，英国政府规定，凡是捐赠都可以退税，但是一般人都不会去退，所以有些慈善商店就会代捐赠人办理退税，将所得税款也注入基金会。

在伦敦，到处可以看到慈善商店，每个街区都有好几家，生意很兴隆。我发现，还有的专卖旧书和音像制品，有的店里也出售全新的日用品，估计是企业捐赠的。慈善商店的物品有些可以还价。一次，我在一家慈善商店看中了一个英国女王的纪念瓷盘，标价 15 英镑，店员看我有兴趣，说可以 9 英镑卖给我。

英国的慈善商店有很长的历史，甚至形成了连锁品牌，如 Oxfam 就十分著名，它的慈善目标是消除贫穷和饥饿。Oxfam 于 1942 年在牛津郡成立，1947 年开出首家慈善商店，现在已有 800 家，遍布英国及其他国家。其中超过 70 家是专门售卖书籍的乐施书店，它也是全英国最大的二手书店。

有意思的是，英国人不在意穿别人的二手衣服，所以经过清洗、整烫的旧衣服、鞋子，甚至衬衣、T 恤，因价格低，都有人买。在富人、艺术家聚居的诺丁山地区，慈善商店里经常有七八成新的奢侈品包包、皮鞋，甚至可以花很少的钱淘到古董，所以也经常有“不差钱”的人前去淘宝。

开设慈善商店不仅可以募集善款，还有多种效应：一方面，八成新的衣服，没有损坏的家具、箱包、日用品循环使用，可以物尽其用，体现低碳环保的理念；另一方面，让有需要的人用低廉的价格买到各类物品，降低了生活成本。还有，身边的慈善商店可以让人们随时随地奉献爱心。现在的上海，旧货商店越来越少，旧书都当做废品卖，旧衣服、旧家具、旧玩具基本上扔进垃圾箱，十分可惜。

上海的不少社区也开出了慈善超市，但里面物品很少，只有企业捐赠的粮油、日用品等，除了生活困难的人员，其他人不会去光顾。类似英国的这种慈善商店，其实中国也可借鉴。中国的城市，既需要大商场，也同样需要慈善商店。谁愿意吃第一只螃蟹？

（本文刊于 2013 年 5 月 21 日《新民晚报》夜光杯）

在笑声中穿越“可怕时代”

历史是什么样的？漫长的，沉重的，发人深思的？在英国专为儿童编创的戏剧中，竟然是“可怕的”！

英伦三岛有着深厚的戏剧传统，话剧、音乐剧、歌剧，已经是人们生活的一部分。任何一座小城市都有剧院，连小镇都不例外。在文化气息浓郁的剑桥，自然也有一座剧院，名为剑桥艺术剧院，就坐落在热闹的市集和市政厅附近。

在剑桥大学圣凯瑟琳学院短期培训期间，我走进了这家剧院。剧院门前的海报上写着正在上演《可怕的历史》，海报上画着两个夸张的19世纪人物，男子身着华丽短袍，手拿斧头，女子头戴王冠，双手叉腰，两人面对面怒目而视。细看，原来这是一个系列的两出戏，剧名直译分别是《恐怖的都铎王朝》和《邪恶的维多利亚时代》。

两出戏是由伯明翰剧团带来的，轮流上演，票价为成人15英镑，儿童12英镑。我们在剧院的售票处买了当天晚上的票。晚上走进剧场，出乎我们意料，场内居然全满座，而且大部分都是孩子！我们恍然大悟：其实是一出儿童剧啊。原来，10月底11月初正值英国的半学期假，孩子们就在爸爸妈妈的带领下走进了剧院。在只有10万人的剑桥市，人口相当于上海一个街道的地方，竟然有这么多小观众来看戏，也够让人惊讶的。

戏开演了，两男一女来到舞台上，表示要一起演戏，不过人还不够，这时一个旁观的黑人姑娘自告奋勇，愿意加盟，三人决定让她来演维多利亚女王。之后，那个时代的故事一一展开了。

清晨的街上，两名男子推着一辆大车，挨家挨户收马桶，因为当时城市里还没有排放生活污水的管道，每天街道弥漫着臭味；在乡村，农民生活贫困，一个人贩子带走了农妇的婴儿，竟将孩子扔到了河里，人贩子被处以绞刑；在纺织厂，小小年纪的女孩去当童工，竟被机器"吃"掉了半个手掌；王宫里，胖乎乎的黑人女演员扮演的维多利亚女王引人发笑，丈夫阿尔伯特亲王喝了一杯凉水，染病死去了，女王悲伤地说：下半辈子将一直穿黑色。一位演员旁白："她将孤独地度过40年！"

下半场，舞台布景垂下一块银幕，观众都戴上了3D眼镜。在黑暗的矿井，一个男孩没日没夜地干活，他守在闸门口，负责开关闸口，可是他实在太累了，竟然睡着了，这时地下火车开过来了……银幕上，火车逼真地呼啸而来，孩子们发出了一阵惊叫！紧接着布景上出现了一座大桥，这是维多利亚时代的第一座铁桥，由著名设计师设计，可是由于计算出了差错，刮大风时桥竟然倒塌了，许多人丧命，这是英国建桥史上的一个巨大教训……

全剧共由十来个故事组成，每个故事不过七八分钟，非常紧凑，这也考虑到了孩子们注意力无法长时间集中的特点。而所有的角色均由这四位演员扮演，他们时而是剧中人，时而又是故事的讲述者，用搞笑、讽刺的语言，伴随生动的肢体动作和夸张的表情，“戏说”那个时代，剧场的笑声不断。

戏说归戏说，但基本史实都是准确的，可以想象，《恐怖的都铎王朝》也应该是这样的“戏说”。这两部历史题材的儿童剧，视角独特，表现方式别具一格。都铎王朝和维多利亚时代是英国历史上很重要的两个时期，正是从都铎王朝开始，英国开始了工业革命；而19世纪中期到20世纪初，英国殖民地之广前所未有，赢得了“日不落帝国”的美名。但是，编剧偏偏没有将两个时代的伟大和辉煌展示给孩子们看，而是挑选了一些或“恐怖”或“悲惨”的故事来讲述，别有深意。我想，一方面，在城市建筑、博物馆、书本上，孩子们都能够感知这两个时代的伟大，而对当时的“阴暗面”却了解不多；另一方面，孩子天生对“可怕的东西”有兴趣，用喜剧手法表现“可怕的东西”，在笑声中穿越历史。另外，对于维多利亚时代也敢于自嘲，敢于吐槽，也是英国人的一种幽默。

“你能不能当一个维多利亚时代的历史学家？”这是节目单上的一句话。我想，看完这两出戏，肯定会有不少孩子怀着浓厚的兴趣，去翻看历史书籍，寻找许多问题的答案。

（本文刊于2013年6月1日《新民晚报》夜光杯）

夜游爱丁堡

到达爱丁堡的那天下午是阴天。这座古老的苏格兰首府的风格，似乎和沉灰的天空十分协调。城里几乎没有现代化的高楼大厦，拥有三四百年历史的建筑比比皆是。无论是圣盖尔大教堂、国家美术馆、最高法院、司各特纪念塔，还是英国女王夏季度假的浩利鲁王宫，均是灰色调的，宏伟庄重。城里还有许多黑色的名人雕塑，造型生动，漂亮的四方形街心花园被高大的法国梧桐围绕，深秋的落叶给古朴的石板路洒上一层金黄。

似乎是一种巧合，“爱丁堡”是这座城市的音译，而城里确有一座古城堡，而且非常著名。这座雄伟的城堡始建于 11 世纪，曾是苏格兰古代的要塞和王宫，全部由石头砌成。最令人惊奇的是这座城堡所在的岩石山曾是一座火山，早已停止喷发，远远看去十分险峻。城堡的北边是“新城”，王子大街上的商店十分繁华摩登。

英国国家旅游局为我们安排的爱丁堡之行内容非常丰富，白天参观了古城堡、坐观光巴士游览了全程之后，晚上还有一个节目——鬼魂游。鬼魂游是一种什么形式的游览？是到古堡里去看“幽灵”吗？是去“地狱”探险吗？我问陪同的苏格兰导游，他笑而不答，似乎“天机不可泄露”。

女巫的刑罚

夜幕降临了，老城区没有五光十色的霓虹灯，没有将建筑物照得通明的泛光，更没有熙攘的人流，安静得不像一个都市。晚上8点，我们爬上山，来到集合点，这里已聚集了20多个外国旅游者。身后，古城堡在夜色中若隐若现。蓦地，有人惊叫起来，原来，两个“鬼魂”不知什么时候出现在我们眼前。一个有着一张白得可怕的脸，一张血红的嘴唇特别醒目，穿一身黑衣，披着黑斗篷，斗篷的里子却是鲜红色的，说不出的诡异——这不是传说中的“吸血鬼德库拉伯爵”吗？另一个就更恐怖了，咖啡色的长袍将身体裹得严严实实的，只露出一张干枯的、翻着白眼、龇着白森森牙齿的鬼脸。

“你们好！”两个“鬼魂”发出了人声。原来，他们就是带我们的“导游”。两个“鬼魂”做的第一件事是问每人收了7个英镑，又给每人发了一本讲鬼故事的书。看来，“鬼魂”倒也不是不食人间烟火的，同去的领队问他们有没有发票，他们说可以到隔壁的商店去开。我听了，忍不住笑了出来。

尔后，鬼脸倏忽消失在黑暗中，吸血鬼带领我们开始了旅行。走了一会儿山路，来到一个颇为空旷的广场。吸血鬼说，这就是干草广场，这里因为古代经常处死女巫而出名。提起女巫，我想起了欧洲传说中的夜里骑着扫帚飞进人家窗户的老巫婆。

苏格兰人认为她们是害人精,兴妖作怪,非常痛恨她们。

“女巫一般有着黑头发,黑眼睛,穿黑衣服。我们中间有没有女巫?”吸血鬼说着把眼睛朝我们扫来。我的一个穿黑衣服的同伴吓得躲到了我身后。“这儿有一个女巫!”一群澳大利亚青年笑着将一个女孩推上前。吸血鬼点点头,将她拉到身边,开始演示处置女巫的刑罚。他拿出一个工具,那是有两个小孔的金属夹子,他把女孩的两根手指放进小孔中,然后一圈一圈地拧紧。当然,他不会拧痛女孩的手指,但是,想象当年女巫的手指在小孔中嘎嘎作响,乃至骨头碎裂,发出凄厉的惨叫时,大家顿觉刑罚的残酷。

这还没完呢,上完刑罚后,女巫还要被处死。17 世纪杀死女巫有两种方法,一种先承认自己是女巫,然后被绞死,再绑在柱子上烧;如果不承认呢,那就直接用火烧!据说,几百年间苏格兰共杀死了 4 000 多个女巫,按人口比例是欧洲各民族中最多的。天哪,可怜的苏格兰女巫。我不禁毛骨悚然。

“双面人”议员

听完了女巫的故事,我们继续跟着吸血鬼往前走。走到一幢楼房下面,吸血鬼停了下来,他说这是 18 世纪一个议员的老宅。这个议员在历史上很有名,因为他是一个双重性格的人,或叫“双面人”——白天是议员,晚上是窃贼。白天,他和很多贵族、上流社会的人士坐而论道,指点江山;而晚上,他却成了这些人家的梁上君子。他干坏事还得到他父亲的帮助。他父亲是个修理工,收费特别便宜,于是,贵族、商人、有钱人纷纷叫他到家中修理东西，他便乘机得到了这些人家的钥匙，回到家交给儿子。而议员就在月黑风高夜潜入这些人家大肆偷盗。

他偷了好多东西，偷了好多年，谁也没有怀疑到他。可是，终于有一天东窗事发。这个议员，不，窃贼，逃到了国外，但1788年被抓回爱丁堡，处以绞刑。最有讽刺意味的是，绞死他的绞架，竟然就是他自己当议员时设计的。这个故事很发人深思，到底是什么原因造成了他这个人的双重性格？谁也不知道。现在爱丁堡还有一个以他名字命名的酒吧呢。

我忽然想起19世纪英国作家斯蒂文森写过一部小说《化身博士》，讲一个白天从事科学研究的博士，晚上却摇身一变为恶魔干坏事，这个双重性格的人对自己的怪异行为无法控制。对了，斯蒂文森也是苏格兰人，他一定是从这个议员的故事中获得灵感的。

吸血鬼带我们在老城里东拐个弯，西绕个圈，好像钻进了迷宫。巷子很窄，两旁是砖砌的高墙，大家只能排成一行往前走，夜晚静悄悄的，刚下过雨。脚下，鹅卵石铺成的弹格路凹凸不平，由于潮湿，更是阴森；头顶上，古老的街灯发出幽幽的光，照得巷子朦朦胧胧的……刹那间，时光仿佛倒流了，我似乎感觉到了17、18世纪的爱丁堡的气息。

不过，当时爱丁堡的气息可不好闻。在小巷尽头，响起了吸血鬼低沉的声音："那时的房子有五六层高，但没有垃圾箱。人们都从窗口往外倒垃圾。每天晚上10点，有个人敲着鼓从巷子里走过，这就表示可以倒了。这时一堆堆垃圾、一盆盆脏水从天而降。"听到这里，所有的人都抬起头看看窗户，生怕有垃圾或脏水从天而降。

突然，不知从哪里窜出一个鬼来，它高得出奇，古怪的帽子下有一张可怖的脸，它系着白围裙，手捧一大盆“脏水”，向我们泼来。大家吓得四处逃窜，还是被淋到了几滴。鬼紧追不舍，还将冷冰冰的“鬼手”放到我们身上，几个女孩放声尖叫起来，叫声回荡在寂静的夜里，惊心动魄。

鬼溜走了。吸血鬼继续讲下去：那时，政府每天派人来收垃圾，然后卖到农村当肥料。由于街道太脏了，老鼠、跳蚤到处滋生，收垃圾者都不穿鞋，很多人被咬后得了病，所以后来城里黑死病大流行，死了几万人。“想不想看老鼠?”他问道。忽地，从他怀里钻出一只灰乎乎的东西，跳到我们中间。又有人尖叫起来！仔细一看，原来是一只做得很逼真的塑料老鼠。

最后，吸血鬼语出惊人：“爱丁堡的老鼠是从中国来的。”大家都不相信，我还有些不高兴。他立刻将手中的那个塑料老鼠翻过来，说：“看，这里写着 Made in HongKong（香港制造）呢!”原来，老鼠是这样“从中国来的”。吸血鬼颇有英国人的幽默。大家哄然大笑，气氛一下子轻松了。

偷尸体的人

紧接着，我们又穿过一个长长的暗暗的窄巷。真想不到，这样一座大都市的背后竟有这么多神秘的小巷。要是没有人带领，我绝对不敢独自穿行。

又是一个幽暗的角落，这里竟是古时候的坟场。吸血鬼说，当时的尸体是很有用的，可供医学院的学生进行解剖研究。但法律规定，每个医学院的学生每月只能得到一具尸体。于是就出现了这样一种生意——偷尸体卖给学生，一具尸体可以卖到10英镑，相当于现在的300英镑。但常有警察抓他们。当时有两个人也做这种“生意”，不过他们用的是另一种办法——“偷活人”！他们租下一套房子，经常把醉鬼、流浪汉骗来，给他们好吃好喝，把他们灌醉后，放倒在床上，用布罩闷死，然后卖给学生。

他们这样干了好多次，从未被发现过。有一次，一个在附近工作的女人很晚回家，这两个人把她弄死了，然后送到医学院。可是许多学生都认识这个女人，她怎么会突然死了呢？于是，警察把这两个家伙抓了起来，但他们不承认杀人。审讯持续了四个月，终于有一个人招认了。两个人中有一个人被处以绞刑，最后尸体也被送到了医学院作解剖！而招认者因为揭发有功，被遣送到了英格兰。“后来他开了一家‘身体商店’，现在满大街都是。”吸血鬼补充道。话音刚落，大家都笑了。原来这吸血鬼又幽了一默，他说的“身体商店”，其实是著名英国化妆品品牌“The Body Shop”。

笑声未落，惊险又起。有一条鬼影冒了出来，它的头是一个骷髅，张牙舞爪地向我们扑来，一下子抱住了我们中间的一个。“偷尸体的人来了！”有人大叫，大家四处躲避。鬼影消失了，点点人数，一个不少，所有的人都松了口气。

最后，我们面前出现了一条古老的石头阶梯，20多级，上面烟雾弥漫。忽然，烟雾中传来一种恐怖的声音，一个大肚子的幽灵出现在阶梯上，它摇摇晃晃地向我们冲来，嘴里嚷着：“谁跟我走，做我的女朋友！”幽灵边跑还边施“魔法”，将一种东西扔到地上，噼啪作响，还冒出点点火星。

这“魔法”好像是类似中国的掼炮的东西，并不可怕。而且，我发现所有的高个子鬼、骷髅鬼、大肚子幽灵，其实都是开头的鬼脸扮的。自始至终就是他和吸血鬼两个在唱“双簧”。

走上阶梯，就是“鬼魂游”的终点——议会广场。吸血鬼给我们讲了最后一个恐怖故事后，和鬼脸一同向大家谢幕。最后，鬼脸还拿出名片发给大家，欢迎大家下次再来。告别时，我大胆亲吻了一下鬼脸，发现那是一层橡皮面具。哈哈，鬼的脸皮可真厚！

这是一次令人难忘的夜游。利用爱丁堡保存完好的老城区的广场、小巷、楼房，让游客得到惊险、刺激的体验，又增加了对这座城市的了解，真是一种精彩的创意。当然，这种旅游还有一个前提，就是爱丁堡本身人少，仅 50 万人，要是放在北京或上海，即使找得到小胡同或小弄堂，看热闹的人也准比游客还多。

（本文刊于 1999 年 3 月《旅行家》杂志）

伦敦街头遇警记

伦敦的舰队街是新闻业的发源地。从18、19世纪开始，英国的报社、通讯社纷纷搬进了这条街，《泰晤士报》、《金融时报》、《每日电讯报》、《卫报》、《观察家报》、《周刊》等著名的报刊以及BBC、路透社等新闻机构，都把总部设在这条街上。在这条几百米长的街上，最高峰时共计有100多家报纸。不过，20世纪80年代以来，众多新闻机构逐渐搬离了这里。

离开英国前一天自由活动，我特地前往舰队街"怀古"，寻访那些著名报社的旧址。不料，却遭遇了一桩奇怪的事。

舰队街虽然在市中心，但由于是周六上午，路人很少。正当我找到了85号路透社的原址，拍下了那幢风采依旧的大楼的照片时，只听耳边有人问道："请问到海德公园怎么走？"抬头一看，是一个中年外国男子，手里拿着张伦敦地图。他说，他来自意大利，刚到英国旅游。我热心地告诉他："海德公园离这里挺远的，你得坐地铁才能到。"他又问："坐地铁得多少钱？""好像4英镑吧。"我说。这名男子面露难色："我身边没有英镑，你知道哪里有换钱的?”换钱,当然是去银行了,可我也不知道附近哪儿有银行。这时,他又拿出一张美元,对我说:“我给你10美元,你给我5英镑,可以吗?”

我摇了摇头,还没来得及回答,突然身边出现了一名40来岁的男子,从口袋里掏出一张证件亮了亮:“警察!”他严肃地问道:“你们在换钱吗?”“没有!”我们都摇头。在英国一个多月第一次路遇警察,还是个便衣警察,我虽然有点紧张,但心想我又没做坏事,有啥好怕的。

警察要求查看那个意大利人的护照和现金,意大利人把护照和钱给了他,他拿出一个小手电,先照护照,然后仔细地照那些美元和欧元,似乎在检验真假,然后还给了意大利人。随后,他转向我,问我来自哪里,第几次来英国。我都回答了,他看了我的护照后,也要看我的现金,我打开皮夹,里面只有几张英镑,他也拿小手电照了照。

随后,警察又要求看意大利人的信用卡。他耳朵里塞着耳机,有一根线垂下来,好像和什么地方在通话。他拿着信用卡边看还将卡号报给通话的对方,似乎在确认真伪。查完意大利人的信用卡,他又要查我的,我跟他“捣糨糊”,说是中国的卡,只能在中国用。他还是要求查看,我只好把卡拿出来,上面“Master(万事达)”的字样很清楚,显示这是一张国际卡。只听他问:“密码是什么?”我一下子警惕起来,说:“我不能告诉你!”警察把卡还给了我,说:“你在国外使用,签名就可以了吧?”我嗯嗯啊啊地假装听不懂。

警察觉得没问题,示意我们可以走了,还笑着对我说:“祝你好运!”

我在舰队街上走了几步,越想越不对劲。伦敦街头警察不可能那么多,怎么会守在街上不动,在两个外国人说话的时候正好蹿出来?再仔细回想,这个警察说的英语不是很纯正,舌头似乎会打卷。我是不是遇到了假警察呢?这两个人是不是连档模子呢?他看了我的信用卡,会不会记住我的卡号,然后去复制一张卡盗刷呢?现在高科技金融犯罪很多的……我越想越害怕,连忙打电话到国内银行的信用卡中心,询问有什么办法可以不让这张卡消费。工作人员告诉我,只有挂失。于是,我立即办了挂失。

下午,我遇到了在伦敦生活多年的老同学,把这桩怪事告诉了她。老同学斩钉截铁地说:你遇到骗子了!他们知道中国人身上带的现金多,就通过这种方法,在查验你现金的时候抽走几张或用假钞替换。他们手法很快,加上人在外国遇到警察一般都很紧张,所以常常不会察觉。就在几个月前的伦敦奥运会期间,上海有家媒体的两个记者,就被同样的手法骗去了 250 英镑。

那个假警察大概看我皮夹里现金不多,所以没有下手。而看我的信用卡,也不能排除进一步信用卡诈骗的企图。幸好我立即挂失了。

现在骗子无所不在。国内电信诈骗层出不穷,国外也有骗子联手马路设局,骗你没商量。所以,去英国旅游,也要谨防外国人装扮的假警察!还有,身边尽量少带现金,以防损失。

贰　白夜回忆

圣彼得堡的白夜

六七月的圣彼得堡，称得上是世界上最美丽的城市。黑夜，似乎是畏惧圣彼得堡的美丽而悄悄地消失了。那蔚蓝蔚蓝的涅瓦河水，那淡绿色的雄伟的冬宫，那彼得保罗要塞的金色尖顶，那威风凛凛的“青铜骑士”，依然明晰可见。这里的深夜两三点钟，还亮得跟傍晚一样。

6 月 22 日是中国的夏至，根据天文学的记载，这也是一年中白天最长的一天，因而在圣彼得堡这一天的白夜是最完整的，即全天 24 小时都亮如白昼。不过，在 6 月 22 日前后各两三星期，都有不同程度的白夜。

那些因失去黑夜而无法入眠的圣彼得堡人，三三两两地沿着宫廷广场，沿着斯莫尔尼宫的围墙，沿着瓦西里岛的河滩，沿着喷泉巷，悠闲地来回散步。他们身上那忧郁的气质、悲天悯人的神情，令人想起俄罗斯作家陀思妥耶夫斯基的小说《白夜》。这时候的天，不如白天那么亮得刺眼，却仍将温柔的光泽射到周围的河水、尖塔、教堂上。在这样一个个令人心醉神迷的夜里，不知有多少《白夜》里的罗曼蒂克故事，正在这里再现。

比起欧洲许多古老的都城来说，圣彼得堡应该算是年轻的。17 世纪末，以自己的东征西战将俄罗斯的疆域扩张为一个横跨欧亚的大国的彼得大帝，试图为自己这个广阔的内陆国寻找一个出海口。

彼得大帝在芬兰湾边上发现了一片被蓝蓝的海水围绕着的土地，还有一条宽阔的河流贯穿全城而通向大海。彼得大帝惊呼起来："这就是我理想中的通向欧洲、通向文明的出海口！"他亲手在这块土地上打下了第一根木桩。于是，一座全世界最北的都城傍着芬兰湾矗立起来了。从此，北方的白夜不再寂寞。

为了纪念彼得大帝的建城之功，这座新的都城就叫做圣彼得堡。

此后，俄国十几世沙皇均在此定都，用无数黄金、白银和农奴的血汗建造了一座座华丽的宫殿、宏伟的教堂、精致的憩园和优美的桥梁，为人类文化留下了又一极品。

在这些华丽的宫殿中，最著名的当然要数冬宫了。仅三层楼高的建筑，屹立在碧波荡漾的涅瓦河边，却显得那样气度不凡。顶上装饰的一座座造型奇巧的雕塑作品，出自名家之手，给它的均衡的外观赋予一种生动的气韵。金碧辉煌的内殿像一个迷宫，将参观的人们带入 19 世纪俄国沙皇豪华而神秘的宫廷生活。宫中陈列最多的还是艺术品。崇尚艺术的历代沙皇高价收购和巧取豪夺并举，使这座宫殿变成了世界上一座宏大的艺术博物馆。在这里，聚集了世上最动人的眼神和表情，从古埃及的壁画，到文艺复兴时期的达·芬奇，从古典主义的大卫，到立体派的毕加索，均历历在目。

伊萨克大教堂和喀山大教堂则是东正教的两座圣殿，高大平旷、装饰华丽的殿堂用粗大的大理石圆柱撑起，令人觉得上帝的至高无上。尤其绝妙的是，在白夜的时候来到伊萨克大教堂，经过一条只容一人通过的秘密通道，攀着长长的、几乎没有尽头的旋转梯到达楼顶，眺望整个没有夜色的圣彼得堡，会有一种愿与这座城市融为一体的感觉。

圣彼得堡又被人称作“桥的城市”。整个城市其实是由三个岛组成，因而各式各样的桥就成了圣彼得堡的一大景观。据统计，圣彼得堡共有形形色色的桥 363 座。有连接瓦西里岛和彼得格勒岛的大铁桥，舒展着纤长的身子横卧水面；有架在涅瓦河支流上的安尼奇科桥，这座桥的桥头因为有四座人与骏马的不同造型的雕像而出名；有运河上的木板桥，走上去吱吱作响；有白天通车、晚上从中间张开，让大船同行的吊桥……在白夜的光环中，坐游艇观赏涅瓦河两岸的建筑和风光，能发现为壮丽的圣彼得堡增添几许柔美色彩的，是一座又一座的桥。

圣彼得堡的郊外布满了皇家行宫。如果说，冬宫的出色之处在于荟萃了丰富的艺术珍品的话，那么，夏宫则以凡尔赛式的花园、巧夺天工的喷泉而闻名于世。彼得大帝不光是一位具有雄才大略的君主，还是一名颇富幽默感的设计师。他的花园中有几处“玩笑喷泉”，当你走近那漂亮的长椅坐下时，脚底下会突然喷出水来，将你淋个措手不及！试想，在 18 世纪时，穿着美丽的撑有鲸骨的钟形裙的贵妇和淑女，被彼得大帝请到夏宫来做客。当千娇百媚的小姐想做下歇歇脚时，却被“玩笑喷泉”淋得浑身湿透，贵妇小姐花容失色，狼狈地提着大裙子远远地逃开，而彼得大帝却在旁边捋着髭须哈哈大笑，这是何等有趣的一幕闹剧。

郊外的米哈伊洛夫斯克、普希金城、巴甫洛夫斯克和嘉特钦纳，也都是风格各异的美丽的皇家园林。其中普希金城原名皇村，是著名的叶卡捷琳娜二世的行宫，因为那儿曾在19世纪为贵族子弟办过一所皇村中学，而俄国的大诗人亚历山大·普希金曾作诗一首赞美过它：

我爱你，
彼得的创造。
爱你的匀称、严谨的外貌。
涅瓦河不息的浪涛，
将你隔成两半
……

圣彼得堡是这个城市最早的名字，后来它还叫过彼得堡、彼得格勒。1924年，苏维埃政府为了纪念刚去世的列宁，而把彼得格勒改名列宁格勒。这个名字存在于世近70年。苏联解体后，俄罗斯联邦将一大批城市恢复了十月革命前的名字。第一个恢复原名的就是圣彼得堡，也许因为它在俄罗斯人的心目中是民族的象征吧。

时下，彼得大帝的铜像修葺一新，在夏宫里出现了头戴假发、身穿19世纪贵族服装的少男少女陪游人照相的情景，圣彼得堡的白夜，似乎越来越具有俄罗斯的民族风味了。

莫斯科的小街

街上冒出了无数的露天酒吧和咖啡座，这是我此次在俄罗斯的一大发现。即便在圣彼得堡复活教堂边上也是如此。这座精美的教堂坐落于格里鲍耶陀夫运河边，为纪念在这里被刺死的亚历山大二世而建造，里面的宗教壁画全部用马赛克拼成，体现了极高的艺术成就。教堂外阳光灿烂，有好几把巨大的遮阳伞，旁边有一个小吃饮料亭，伞下放着十多张圆桌和几十把椅子，塑料桌椅和遮阳伞都是同一种纯正的蓝色，穿着黑色吊带衫的金发女郎坐在那里悠闲地喝饮料，另一个壮实的小伙子在大嚼披萨饼。时尚的现代人和古老的教堂共存，却没有不和谐的感觉。

看来，俄罗斯人的生活变得轻松而闲适了，精神状态也比以前好多了，街头的景象和西欧的城市越来越相似。就说莫斯科吧，除了最有名的步行街阿尔巴特街，还多了一些很有意思的小街。

阿尔巴特街改变了不少，原先街两边卖工艺品的都集中在了路中央，两边开出了许许多多饭馆，甚至还有日本餐厅，餐厅大多把桌椅搬出了门外，撑起了大阳伞，让人们多享受一点夏日的阳光。在那家日本餐厅门口，我看到俄罗斯姑娘穿着日本和服在端盘子，服装和发型是日本式的，面孔和气质却是俄罗斯的，十分有趣。为路人画肖像的画家的生意仍然不错，还有各种街头艺术家的演出，喜剧表演……走累了，在路边酒吧的白色椅子上坐下，端一杯啤酒或饮料慢慢地啜，身后是阿尔巴特街古老而雅致的楼房，耳边飘来马路乐队婉转的小提琴声，一刹那，觉得自己也融入了步行街的风景之中。

特维尔大街是莫斯科最繁华热闹的一条马路。不过，拐进电信大楼对面的卡米尔格尔巷，立刻就静悄悄了。著名的莫斯科艺术剧院就坐落在这里。艺术剧院并不大，仅两层楼高，当年，斯坦尼斯拉夫斯基和聂米罗维奇-丹钦柯曾在这里铺排过一个又一个盛大的精神典仪，使这一剧院变成了19世纪末20世纪初俄罗斯知识分子心中的圣地，成为道德价值的评判者、光明理想的守护者，进而成为全世界戏剧艺术的典范。今天，新一代的俄罗斯艺术家又在这里营造着变幻莫测的舞台世界。

剧院建筑保存得非常好，灰白的墙、厚重的木门都是当年留下的，建筑风格是不同于皇家剧院的简洁和朴素，正面墙上有一只展翅高飞的海鸥浮雕，因为契诃夫的《海鸥》在这里首演成功，使剧院和剧作家双双奠定了在俄国戏剧界的地位，海鸥也就成为艺术剧院的象征。剧院对面的一个角落，安放着一尊新的契诃夫塑像。

小巷被重修过了，地面新铺了白色的小方砖，平整干净，放着好些长椅，棕色的木板做成宽宽的椅面，椅背的造型有着优美的曲线，和艺术剧院的风格十分统一。巷口也有一个露天酒吧，撑起了十多把蓝绿色、浅玫红的太阳伞。伞下，也是棕色的木头桌椅。不少俄罗斯人坐在那里，边喝啤酒，边看报、聊天。几只鸽子扑棱棱地飞过来，啄食地上的面包屑。记得我读书的时候，曾经常到这里来看戏，当时这里就有一个卖小吃的亭子，看戏前来不及吃晚饭，就在这里买个热狗和一杯可乐填一下肚子。那时没有这么舒服的桌椅和环境，只有几张高高的圆桌，人们买了东西只好站在桌前吃。

我突然瞥见，露天酒吧旁“站”着一对身着19世纪服装的男女，那女子戴着宽边小帽，穿着米黄色的丝绸长裙，身段窈窕，一手优雅地提着裙子，一手挽着男士的胳膊；男士穿着咖啡色的风衣，戴着黑色的高礼帽，左手拿一根斯的克，右手拿了两张戏票，还轻轻搭在旁边的剧目栏上。走进一看，我不由得哑然失笑：这是两个真人大小的“纸人”，先画在硬纸板上，然后按轮廓剪下，远看和真人仿佛，只是没有“厚度”。看来，当年人们就是这么衣冠楚楚地到剧院看戏的，俄罗斯人对戏剧的热爱和尊重，延续到了现在。一时间，我不知道是我走进了100年前的剧院小巷，还是这两个过去时代的“人”走进了今天。街上的一条横幅却又明明白白地写着：2000～2001年新的演出季的首场新戏是喜剧《西哈诺》。

卡米尔格尔巷上的路灯也换成了新的，黑色灯柱两旁悬挂着两盏灯，灯的风格仍是古典的，吊杆却弯出了美丽的线条。最引人注目的是灯柱中部的一件装饰物，看上去是两头卷起的白色羊皮纸，其实是用金属材料所制，上面用漂亮的花体字写着一首首诗，作者是普希金。1999年是普希金200周年诞辰，一定是为纪念这位俄国最伟大的诗人，才在灯柱上挂出了他的诗句。这一构想既富现代感，又与历史建筑不相矛盾。剧院小巷里，有二三十盏路灯，每盏灯的灯柱上都挂着一幅“羊皮纸”。我看到其中一幅写着：

槲树林，在那自由的静谧中，
我每天碰到你都伴随着幸福，
我漫步在你的天穹下，
徜徉在你友爱的绿荫中。
于是欢乐又为我复活了，
灵魂中又重新激荡起我失去的青春，
朝思暮想的折磨人的甜蜜，
和心底的初恋。

这是普希金早期的一首抒情诗，纯真的爱情在他的笔下美妙无比。往前走几步，另一张“羊皮纸”上是《致巴赫切萨拉伊宫的喷泉》：

爱情的喷泉，生命的喷泉！
我给你带来两朵玫瑰。
我爱你绵绵不断的絮语，

爱你富有诗情的泪水。

……

这也是一首很有名的诗，描写的是克里米亚王宫里的一座喷泉。传说18世纪可汗王俘来波兰的美貌公主玛丽娅，藏于深宫，他的妻子非常妒忌，偷偷将玛丽娅杀害，后来可汗王便建了一座喷泉纪念玛丽娅。据说喷泉的水是一滴一滴流下来的，就像眼泪一样，所以又称“泪泉”。

默念着灯柱上的诗句，回味着普希金的“爱你富有诗意的泪水”，我忽然想到：莫斯科的夏夜，天色还没黯淡，一对热恋中的情人在这条幽静的小街里漫步，抬头念上一段普希金的诗，该是多么富有浪漫情调啊。再往前走几步，另一张“羊皮纸”上是著名的《致恰达耶夫》：

啊，趁自由的火还点燃着我们，
趁我们的心还为正义而跳动，
我的朋友，让我们献给祖国
我们灵魂中最美好的激情。
同志们，请相信：就要升起了
那迷人的幸福之星，
俄罗斯将从睡梦中惊醒，
并在专制暴政的废墟上，
写上我们的姓名！

堪称俄罗斯民族精神和气质的象征的普希金是永生的。而200年后用这样的方式纪念他，实在是个出色的创意。谁说俄罗斯经济衰退，因而城市建设停滞？艺术剧院前的小巷分明进行了认真的规划和设计，虽经过精雕细琢，却又浑然天成。

有诗，有画，有酒，有戏剧，这条小小的巷子怎会不迷人呢？

特里基亚科夫美术馆前面的拉夫鲁申巷，也是这样一条情调浓郁的小街。特里基亚科夫美术馆本身是一座漂亮的建筑，它看上去很像童话故事里的俄式带阁楼的小房子，墙壁是红褐色的，木门和屋顶上的浮雕是莫斯科的旧城徽：常胜将军格里高利正在用剑刺杀一条蛇。放着特里基亚科夫的白色石雕，雕塑是写实的，特里基亚科夫双手抱在胸前，似在沉思。不过，这座全身塑像的膝盖以下部分，却和下面的黑色大理石底座连在了一起，仿佛特里基亚科夫是从大理石里“长”出来的，这又使它带有现代艺术的风格。

我看到，有许多母亲带着孩子来看博物馆，有的孩子只有三四岁，看完博物馆，他们就在外面休息、玩耍。这里也有可爱的长椅、高高的路灯。博物馆对面还有一座带廊柱的建筑，看来也有100多年历史，廊柱下是一个个圆圆的白色花坛，郁郁葱葱的绿草间，一种不知名的蓝色小花开得非常灿烂。拉夫鲁申巷口有一片空阔地带，几棵大树枝叶茂密，洒下一片浓荫。

莫斯科的这些小街都不通汽车，俄罗斯人也不骑自行车，加上有剧院、博物馆等文化建筑，因而成为人们散步、休闲的好去处。它们在我眼里，就是一条条精致的步行街。总觉得在俄罗斯的生活是一种诗意的生活，人们常常去听音乐会，去看话剧，看芭蕾，参观美术馆，使心灵得到文化的滋养。而在国内，似乎人人都忙得不可开交，精神紧张，休闲娱乐深受美国、日本文化的影响，流行唱卡拉 OK、泡吧、蹦迪，玩过之后却什么也没留下，这种生活缺少的恰恰是一份诗意。

联想到上海的步行街，也是如此。近两年来，上海兴起了一个建步行街的热潮，建设速度非常快，已有南京东路、吴江路、多伦路等多条。南京东路是中华第一街，再花上几千万的资金对马路进行改造，更使它的热闹到了“鲜花着锦、烈火烹油”的地步，可是，闪烁的霓虹灯和叮当作响的电动车只能吸引外地人；吴江路是各种小餐厅、各地风味的饭店的集中地，除了餐饮休闲，很难令人有什么回味；多伦路被冠以“文化名人街”，是唯一较少商业气息的步行街，尽管有关部门已费了很大心思，在街上种了不少绿化，放了好几座名人雕塑，但是，绿化实在太稀疏，名人雕像又总是遭到破坏，最煞风景的是，不少楼房的窗口，还是有人用竹竿晾出各式内衣裤。

一条步行街并不只是花上几个月、投下一笔钱就能建成的，它需要历史的积淀，还得有特定的人文氛围。和莫斯科的这些步行街相比，我总觉得上海的步行街多了一种匆忙和刻意，缺少了一些文化和韵味。

（本文刊于 2001 年 8 月 15 日《新民晚报》“国门内外”专版）

拜会“俄国的首爱”

我记得那美妙的瞬间，
你就出现在我的眼前。
如同昙花一现的幻影，
如同纯真之美的精灵。
……

普希金的这首《致凯恩》，曾打动了多少少男少女的心！他的《假如生活欺骗了你》，也几乎为每个中国人所熟知。这位创作了《叶甫盖尼·奥涅金》、《黑桃皇后》、《上尉的女儿》、《驿站长》、《鲁斯兰和柳德米拉》的伟大诗人，有着“俄国的首爱”的美誉。

只活了37岁的普希金的确是位天才，古今中外的作家大都只擅长一两种文学体裁，他却熟练地驾驭诗歌、小说、戏剧等各种体裁，他的《鲍里斯·戈都诺夫》、《石客》、《莫扎特和萨里哀里》等戏剧作品，是俄罗斯19世纪戏剧史上的经典。难怪俄国诗人费多尔·邱特切夫在普希金逝世后写道:“俄罗斯将永远记住你,俄国的首爱!……”这里的“首爱”,俄语是 Первая любовь,也可译成“初恋”——“就像对自己的初恋一样,俄罗斯将永远不会忘记你。”

在俄罗斯,到处可以看到普希金的雕塑、诗作,尤以莫斯科和圣彼得堡为多。莫斯科普希金广场上那座青铜雕塑当然不用说了,诗人一手放在背后,一手插在胸前,在低头沉思,它被公认为全俄最出色的普希金雕像。这个广场,已和红场一样,成为莫斯科的象征,所有到莫斯科的人都会到此留影。

为了拜会这位“俄国的首爱”,我去过许多留下过诗人足迹的地方,甚至到过一个鲜为人知的地方——普希金结婚的教堂。

莫斯科是普希金的故乡,1799 年他出生在这个城市,并在此度过了前往皇村中学之前的 12 个年头。流放结束之后,他又回到了这里。我进入莫斯科戏剧学院后不久,一天午休时和同学安娜·叶廖明科出去散步,经过赫尔岑大街和特维尔林荫道交汇处的尼基塔门,安娜指着那座绿树掩映中的教堂说:“这是普希金举行婚礼的教堂!”我大吃一惊,没想到经常路过的这个教堂竟有如此来历。

这座名为“耶稣升天大教堂”的东正教堂不高,并不像许多著名教堂那么金碧辉煌,淡黄色的整洁的墙,蓝色半球形的顶,最高处是一个金色的圆顶,里面的墙上布满了圣像画,烛台上闪着星星点点的光芒。真让人难以相信,就在这里,“俄国第一诗人”和“俄国第一美人”的娜塔丽娅·冈察洛娃完成了人生最重要的典礼。

安娜还给我讲了一些富有传奇色彩的故事。据说普希金和娜塔丽娅在交换戒指时，普希金把戒指掉落在了地上，同时突然吹来一阵风，吹灭了普希金手中的蜡烛，许多人都认为是不祥之兆。后来，普希金和娜塔丽娅的婚姻果然不幸福，大诗人为此还和法国人邓丹斯决斗而死。

可结婚时，普希金仍为自己拥有漂亮的新娘而骄傲。1831年2月，他在这座教堂里举行婚礼之后，将妻子接到了阿尔巴特街上的一套房子里。这是一幢四层楼房子里的一套五居室公寓，举行婚礼前，普希金把他的亲朋好友请到公寓里，举行同单身汉生活告别的晚会。这所房子是与普希金一生中最灿烂美好的日子联系在一起的。婚后第六天，普希金在给友人的信中这样写道："我结婚了——觉得非常幸福。我唯一的希望是我的生活不要发生任何变化——我不指望有更好的生活。"三个月后，普希金夫妇离开这幢房子前往皇村。

现在，阿尔巴特街上普希金住过的房子成了他莫斯科的故居博物馆。博物馆是1986年揭牌的，建筑师根据档案文献和布局图纸，做了大量修复工作，使这幢房子恢复了100多年前诗人居住时的原貌。留学时，我曾来这里参观。普希金原先住在二楼，这里恢复了长长的走廊，两旁的房间：大厅、客厅、书房、卧室、小客厅。我发现，大厅特别高大，垂着精致的水晶吊灯，可以想见当年风情万种的娜塔丽娅在这里举办舞会该是多么热闹。一楼则是文学展览：普希金与莫斯科。全套展品向观众介绍普希金时代的莫斯科，他周围的人物，他的朋友和熟人。

1988年故居博物馆还发生了一件有意思的事情：普希金在

莫斯科和英国的后裔在这里相会了。诗人的曾孙格里高利·普希金代表俄国亲属欢迎来自英国的三个亲属：普希金小女儿的后代亚历山德拉·阿别尔科恩公爵夫人及其姐妹玛里塔和费奥娜。她们应该是普希金的第五代后人。出生于1903年的格里高利是普希金家族连续不断的男系继承人，他的儿子也叫亚历山大（和普希金同名）。格里高利还送给英国亲戚一部共同祖先的家谱。

这次在莫斯科，我发现，故居博物馆对面多出了一座新的雕塑——普希金和妻子娜塔丽娅，大概是1999年为纪念他200周年诞辰新安放的。雕塑基本上是按照两人的原貌创作的，普希金潇洒浪漫，娜塔丽娅面容姣好，和现实生活中一样，普希金个子比娜塔丽娅要矮。普希金的手上，还“拿”着一枝新鲜的康乃馨——俄罗斯人对诗人的由衷热爱、对艺术品的悉心爱护，令人感动。这不禁使我想到上海，原本不多的城市雕塑却经常遭到破坏，南京路步行街上有座三口之家的雕塑，孩子手里举着的风车早就被人拔掉了。从一枝康乃馨，就可看出俄罗斯人的整体素养。

如果说，阿尔巴特大街上的故居博物馆可以称作普希金的幸福博物馆的话，那么，在纪念伟大诗人的所有地方中，他在圣彼得堡莫伊卡滨河街上的一处寓所则是最悲哀的一所。因为决斗之后身受致命重伤的普希金被送回这里，经历了两昼夜的痛苦之后，于1837年2月10日在这里告别了人世。

这座博物馆建得更早，于1925年就对外开放了。我以前许多次来圣彼得堡，不是没时间就是博物馆关闭，都没能来此参观，这次终于如愿以偿。

这座博物馆早年只恢复了普希金家租赁的公寓的一部分，现在 11 个房间全部恢复原貌：客厅、儿童室、餐厅……我们在诗人的书房停留时间最长，因为普希金就是在这间屋子里去世的。我看到，这里保存着诗人的写字台、鹅毛笔、饰着小黑奴的墨水瓶、最后一封信……令人惊讶的是，普希金在决斗时穿的薄呢背心也保存完好。书房里的钟永远停留在 2 点 45 分上，这是诗人与世长辞的时间。解说员告诉我们，每年的 2 月 10 日下午 2 点，沉默无语的哀悼人群总会挤满普希金家门前的滨河街，几百支蜡烛围绕着通向诗人铜像的小径，人们在这里脱帽致哀。160 年前是这样，今天还是这样。俄罗斯人对普希金的深情，的确是无与伦比的。

院子里也有一座普希金的铜像，而收藏俄罗斯绘画雕塑最多的俄罗斯博物馆门前的艺术广场上，也有一座普希金像，诗人右臂张开，昂首注视前方，似在慷慨放歌。我想，他是在讴歌美和自由。

还有一座普希金雕像也很有名，它坐落在圣彼得堡郊外，那里有座以普希金命名的小城，19 世纪沙皇开办的皇村中学就设在这里，普希金在这里度过了六年的中学时光。皇村中学花园里的雕像完美地表现了少年诗人喷薄的才思：他身子微侧，右手撑着长满卷发的头，眼望远方，似在酝酿那首著名的毕业作品："全世界都是我们的异乡，皇村才是我们的祖国。"当年，少年普希金以皇村中学为荣，今天，小城以自己的这位毕业生为无上荣耀。

普希金在《致茹科夫斯基》中有一句关于诗和诗人的精辟的话："幸福并不喜欢每一个人，不是人人都为桂冠而生。"的确，普希金是为桂冠而生，200 年来，他成为俄罗斯民族精神的象征，他的灵魂伴随着俄罗斯大地上一座座传神的雕像，永远不朽。

再访新圣母公墓

回到阔别六年的俄罗斯，实在是一件很快乐的事。每次和朋友游览莫斯科，新圣母公墓是一定要去的。因为俄罗斯文化的精英，都聚集在此。这里并不是一个森冷萧瑟的墓地，漫步在细细高高的白桦树和结着串串小红果的山楂树之间，端详一件件造型独特的雕塑作品，你可以和那么多伟大的灵魂相遇，可以回眸俄罗斯的历史演变，思考俄罗斯的今天和未来。

由于公墓实在太大了，一般中国人去大多只看一下赫鲁晓夫那“黑白分明”的墓碑，以及中国早期革命家王明的墓。其实，公墓里还有许多名字是举世闻名的，如作家果戈理、画家列维坦、女演员叶尔莫洛娃、歌唱家夏里亚宾。苏联时期的艺术家也很多，如写《苦难的历程》的阿·托尔斯泰、写《钢铁是怎样炼成的》的奥斯特洛夫斯基、文艺理论家卢那察尔斯基（我所毕业的戏剧学院曾以他的名字命名）。有一组“青年近卫军”的浮雕的墓是著名作家法捷耶夫的。小提琴家科冈、创作了著名的雕塑《工人和女农民》（莫斯科电影制片厂的片头）的女雕塑家穆欣娜也安葬在这里。

人们也没有忘记卫国战争时期的英烈们。中国人熟悉的卓娅的雕塑栩栩如生：遭受了酷刑的卓娅紧闭着眼睛，腰微弯，却努力挺起胸膛，昂着高傲的头，宁死不屈的精神在这里得到了生动体现。她的脚下放着好几个花篮，不过，脖子上却没有我以前曾见过的红领巾了。不远处还有个男孩的墓让我非常感动，他叫维佳·胡嘉科夫，被德国法西斯害死时年仅 14 岁。旁边写着："永远活在我们的心中，小维佳。爸爸妈妈。"墓碑上写着维佳自己的遗言："亲爱的伙伴们，我非常想驾驶歼击机，但敌人不让。请为我复仇！"

走在熟悉的公墓里，最令我震惊的是这里增加了好些熟悉的名字。这里新添了著名芭蕾舞演员乌兰诺娃的名字。她的墓很朴素，没有塑像，只是一块白色的墓碑，上写：乌兰诺娃·加林娜·谢尔盖耶芙娜，1910～1998。听说，乌兰诺娃在生活中也是一个很朴素的人，不喜欢抛头露面，她的安息之所也一如其人。

有一个墓很奇怪，没有墓碑，也没有名字，只有一个男子的雕塑，戴着礼帽，穿了一双大头鞋，随意地坐在地上，脚下还趴着一只神情忧郁的狗，前来拜谒的人却最多。一问才知是尼库林的。哦，尼库林，他是不需要墓碑的！哪个俄罗斯人不知道他？他给人们带来了多少欢笑？他是俄罗斯儿童心中的皇帝！他生前是莫斯科大马戏团团长，1999 年刚去世。曾给人们带来无数欢乐的人，人们无疑要深深地怀念他。瞧，除了身边的五彩缤纷的花篮外，他手中还有一枝刚刚放上去的粉红的康乃馨，就像每次演出结束后观众给他献花一样。尼库林脚下的狗是马戏团里最亲密的伙伴，听说尼库林去世后，它连续几天不吃不喝，很快也随主人而去。现在它将在这里永远忠诚地陪伴自己的主人。

公墓有一块地方，集中安息着莫斯科艺术剧院的艺术家们。艺术剧院因上演契诃夫的戏剧而著名，由于首演《海鸥》成功，至今剧院大门上还刻着一只展翅高飞的海鸥，因而契诃夫也被葬在这里，他的墓碑也很简单，外形像个尖顶的小房子。他的身边就是两位俄罗斯戏剧的泰斗斯坦尼斯拉夫斯基和聂米罗维奇-丹钦柯——莫斯科艺术剧院的创始人。

忽然，我又在一旁看到了一个名字：奥·尼·叶弗列莫夫。这不是莫斯科艺术剧院的现任艺术总监吗？我七年前还采访过他呢！墓碑上刻着“1927～2000”，那么是不久前刚去世的。他只有73岁，年纪并不很大。从1970年起，他担任莫斯科艺术剧院的导演、艺术总监，曾获得苏联功勋演员、苏联人民演员、俄罗斯功勋演员和俄罗斯人民演员等称号。俄罗斯失去了这位世界级的大导演，真是太可惜了。

墓碑上有一张叶弗列莫夫的照片，望着那张轮廓分明的脸和睿智的眼睛，往事清晰地浮现在我的面前。他与中国颇有缘，曾于1992年到北京人民艺术剧院导演过契诃夫的《海鸥》。莫斯科艺术剧院素以排演古典名作享誉俄罗斯剧坛，然而，那年叶弗列莫夫带给中国观众的《海鸥》，却出人意料地对以往再现契诃夫的模式有所突破，他的时空处理很新颖，舞台节奏十分流畅，在北京引起了强烈反响和赞誉。他在接受采访时告诉我：“我一生执导过三次《海鸥》，中国的这次最满意！”他还说，中国，完全可以有自己的契诃夫。因为每个民族只要找到与“契诃夫精神”相通的地方，以自己的个性表达出来，就是成功的。

叶弗列莫夫被公认为俄罗斯当代斯坦尼斯拉夫斯基体系最优秀的继承者之一，不过他自己却认为不应把体系当作最终目的，因为艺术是自由的，不应有任何模式。我至今还记得他是个幽默的人，说在北京时演员称他“老叶”，他还称我“小邵”呢。当时，他在自己的办公室接受采访，请我喝茶，由于当时食品紧缺，没有糖，他也很无奈。如今想来，那是一段难忘的日子，就在物质条件那么艰苦的条件下，1993 年、1994 年莫斯科艺术剧院仍不断排演新戏，演员出身的叶弗列莫夫除执导《聪明误》外，自己还在布尔加科夫的《莫里哀》和契诃夫的《万尼亚舅舅》里扮演角色。

他的墓碑上，也刻着一只海鸥，那是与莫斯科艺术剧院门前一模一样的海鸥，那是与叶弗列莫夫的艺术生命紧紧相连的海鸥。这海鸥，象征着俄罗斯的戏剧艺术传统生生不息、代代相传。墓碑前依然是鲜花的海洋。热爱艺术的俄罗斯人，用堆成小山的鲜花来表达失去这位伟大艺术家的悲切之情。

在离开公墓时，我又听说了一件颇具黑色幽默色彩的事，它冲淡了我的伤感。现在，也有人希望与名人安葬在一起，10 万美元一抔黄土，有的百万富翁就给自己预订了一个墓穴。就名人公墓这头而言，也是事出无奈。据说，由于目前一切都私有化了，国家拨款很少，为了生存，也为了墓地的维护，公墓只得“靠山吃山”，靠名人的名气来“养”名人了。

（本文刊于 2000 年 10 月 4 日《文汇报》笔会）

百年列维坦

2000年8月是俄罗斯著名风景画家列维坦逝世100周年。所以在莫斯科和圣彼得堡的博物馆里，列维坦均受到了格外的关注，他的画陈列得非常突出，展厅里还有关于他的特别介绍。列维坦的名字我早就熟悉，他的画成为俄罗斯大自然的象征，甚至在俄语课本里也收录了他的一幅画《金色的秋天》。不过，直到现在，我才仔细看了他的生卒年月，不由得吃了一惊：1860～1900。列维坦只活了40岁，真是一位早逝的天才。

列维坦出生在俄罗斯西部靠近边境的小镇基巴尔塔，一个犹太知识分子家庭中。他出生才几个月，父亲就带着全家移居莫斯科。1873年，怀着成为画家的愿望的列维坦进入莫斯科美术、雕塑和建筑学校求学，师从别洛夫和瓦斯涅佐夫，两人都是19世纪俄罗斯非常优秀的画家。求学的日子非常艰辛。列维坦15岁那年，母亲去世了，过了两年，父亲又离开了他们。但这时候，他已表现出了出色的绘画才能。他跑遍了莫斯科郊外，又沿着伏而加河沿岸旅行，和俄罗斯的天空、森林、河流、土地深情对话。一个艺术大师就在生活的磨难之中成长起来了。

列维坦的作品基本上都被收藏在莫斯科的特里基亚科夫美术馆和圣彼得堡的俄罗斯博物馆内。这次我都去了，将他的数十幅名作看了个够。

在列维坦的笔下，黄昏、傍晚、暮色是经常的主题。《晚钟》描绘的便是黄昏降临的郊外景色。画面中央是一条宁静的小河，对岸是一片茂密的树林，树丛中远远地可见一座蓝色圆顶的教堂，旁边是修道院的钟楼，红白相间，尖塔顶上还有一个金色的小圆顶，河面上隐约可见教堂、钟楼的倒影。我觉得很像我在莫斯科郊外谢尔吉镇看到过的风景。河的一边靠着两条小船，透出一股萧索味儿，有一种“野渡无人舟自横”的意境。《在永恒的安宁之上》也是一幅名作，画面上天空布满阴云，一条无波的大河，河边是暗绿色的草地，零星可见几个墓碑、一间小木屋，同样笼罩在灰色中，表达的情绪犹如柴可夫斯基的交响乐《悲怆》。

如果说上述两幅画仿佛电影中的远景的话，《池塘边》却如一个近景特写，粗大树干搭成的木桥架在池塘上，在绿得发黑的树林上空，夕阳的余晖还未褪去，池塘泛着点点金光，一切细节都那么清晰，呈现出一种光与影的和谐。列维坦的风景画中也包含着深刻的社会主题。如名作《弗拉基米尔小路》，这是一条有名的悲伤的道路，是沙俄时代的流放者、苦役犯去西伯利亚的必经之路。在画家的笔下，没有动人的风景，荒芜的田野里只有孤零零的一条黄土小路，通向不可知的未来。它比一般的作品更深地表现了画家对多灾多难的俄罗斯的忧虑和同情。我想，列维坦常用灰暗的色调，除了他的心灵经常充满忧愁之外，也体现了俄罗斯大自然的特征。俄罗斯冬天特别漫长，白天的时间也很短，往往到下午 4 点就已暮色四合了。

然而，他的作品中也有很多亮色。在特里基亚科夫美术馆的展厅里，一抹浅绿吸引了我，只见画面上是一幢乡间小屋，被深浅不一的透着黄色的绿所包围，原来画的名称就叫做《新绿》。而《白桦林》是一幅杰作，被表现的是小白桦树林的一角，阳光在白色树干和鲜绿色叶子上颤动着、游戏着，旁边是鲜嫩多汁的青草和星星点点的蓝色小花。画面的色彩是柔和的、新鲜的，同时又是明亮的。它被称为"俄罗斯印象派"的代表作。

尤其在他生命的最后 10 年中，作品更充满了蓬勃的活力。《三月》中，虽然大地上仍覆着厚厚的冰雪，白桦树干仍是光秃秃的，但天蓝得令人陶醉，木屋顶上的积雪已开始融化，预示着春天即将到来。那幅著名的《金色的秋天》创作于 1895 年，画面充满了阳光，湛蓝的天空，仿佛活生生的、会呼吸似的，天空漂浮着灰白色的云，阳光穿过云朵照耀在同样蓝得发亮的小溪上，田野正在由绿变黄，树叶已全部变成金黄色，清晰可见的笔触宣泄着画家心中涌动的激情。《鲜花盛开的苹果林》创作于同一时期，画布上那一片粉白的花，直到今天仍是俄罗斯最典型的春天景色。还有一幅画，山丘下鲜花盛开，用了不常见的粉红色调，那么清新，那么富有生气，走近一看，是《意大利的春天》。

俄罗斯艺术史家认为，是独特的心理、生理的细致性，以及对大自然状态的敏锐和热爱，构成了列维坦绘画的诗意。他能够感受到大自然瞬间的美，并用自己的画笔将它表现出来。他的作品也是人的心灵画面在大自然中的反映。他将对自然界生命的表达和人类的体验极好地融为一体。

看列维坦的画，我总感到充满忧郁的情调，似乎具有某种“契诃夫式”的东西。他的风景画和契诃夫的戏剧作品十分和谐。果然，翻阅列维坦的传记才知道，他和契诃夫是好朋友。两人在 19 世纪 70 年代就认识了，当时他们都是穷学生。不过他们之间的真挚友谊是从 1885 年开始的，当时列维坦刚经历了一场精神危机，他差一点结束了自己的生命。然而，他在契诃夫家中找到了亲人般的温暖和帮助。他和契诃夫都有着充满诗意的处世态度、对大自然的相同理解和简洁的艺术语言。契诃夫也被称作文学家中的“风景画家”，他在给友人的信中写道：“望着温暖的夜晚的天空，望着映照出疲惫的、忧郁的落日的河流和水塘，是一种可以为之付出全部灵魂的莫大满足。”

伊萨克·伊里奇·列维坦的命运是忧伤的，也是幸福的。说忧伤，是因为他的生命历程实在太短暂了，并且遍尝了人间的艰辛：贫穷，无家的孤儿，民族的歧视，与不公正的、不正常的现实的冲突。可是他又是幸福的，因为列夫·托尔斯泰说过，人类的幸福主要就是“与大自然在一起，看见它，并与它对话”，而列维坦深深感受到了与大自然贴近的幸福。而自己的创作追求被同时代的画家所理解、认同。他和其中最优秀者的深厚友谊，也给了列维坦莫大的喜悦。

列维坦的成就又是令人惊讶的。短短 40 年的生命，用于艺术创作的时间只不过 20 年左右，而他的艺术天才却如瀑布般倾泻而下。这有点像只活了 37 岁的俄国大诗人普希金。在列维坦之前，尽管也有不少风景画家，但却从未有人像他这样把全部心灵都沉浸在俄罗斯的大自然里，他的画是那么纯粹，除了风景还是风景。

他的笔下，会集了俄罗斯的各种风光，有春的萌动，夏的绮丽，秋的绚烂，冬的沉寂；有早晨的薄雾，有黄昏的晚钟，有深邃的森林，有冰封的大地，有流淌的河流，有古老的教堂。俄罗斯的田野显示了从未有过的多姿多彩。他的风景画，是抒情诗，是交响乐，是阳光和风的舞蹈，是屠格涅夫的散文《猎人笔记》，也是契诃夫戏剧《海鸥》、《万尼亚舅舅》、《樱桃园》的天然舞台……他的油画体现了真正的俄罗斯精神。当代俄罗斯艺术史家符拉基米尔·彼得罗夫评价他的创作，是“对人类艺术文化最重要的贡献”。

此次同去俄罗斯访问的上海戏剧学院舞台美术系陈钧德教授、徐明德副教授，也久久矗立在列维坦的作品前。他们不懂俄文，却叫得出每一幅名作的名字，甚至讲得出一些画背后的故事。因为这些画，他们从学生时代起就在画册上看过不知多少遍了。而今面对原作，他们激动不已。陈钧德告诉我，列维坦对中国当代绘画影响很大。20世纪五六十年代，上戏的师生最喜欢的一位画家就是列维坦。因为舞台美术的一项重要内容是画舞台布景，而布景离不开风景，所以学院非常重视风景画训练。因而风景画大师列维坦成为他们的偶像、最好的老师（的确，列维坦也曾经当过舞台美术师，他为马蒙托夫的歌剧画过舞台布景）。他们捧着列维坦的画册如痴如醉，一遍遍地临摹，研究他的构图、颜色、笔触……陈钧德的同班同学雷志能崇拜列维坦到了极点，把自己的名字也改成了“雷坦”，他后来真的成了一位有名的画家。

生前经受了那么多坎坷的列维坦，100 年后仍受到如此厚爱，在中国还有这么多知音，是他生前所始料不及的。他的艺术生命如同他画笔下的俄罗斯田野一样，永远年轻。

（本文刊于 2000 年 12 月 27 日《新民晚报》夜光杯）

沉醉雕塑世界

1989 年 11 月，刚到莫斯科不久，我随中央美术学院、浙江美术学院一同被派来留学的同学，去拜访在苏里科夫美术学院学习的中国留学生薛中和陈科。他们带我们去了一个地方。那是一幢灰白色的古典风格的大厦，正门有六根圆柱，顶上还有浮雕，周围都是柱廊。从长长的阶梯走上去，有一种走进艺术宫殿的神圣感觉。这种感觉，让我一下子爱上了莫斯科。

大卫和怪兽

走到二楼，眼前突然出现了一座极其宏伟的白色大理石雕塑，我不禁发出一声惊叹：大卫！这正是米开朗基罗的大卫。它坐落在一楼的庭院里，有五六米高，大卫肌肉饱满，线条完美，神情坚定，目光纯净，文艺复兴时期艺术家对人体美的赞颂，被淋漓尽致地表达了出来。观者站在旁边，只到大卫的小腿。我不禁惊呆了：曾多次在画册上见到过这座雕像，但从不知原作竟有这么高大。我想，这座雕像并不是原作，应该是件复制品，但复制得和原作一样大小，一样精美，实在让人叹为观止。对于米开朗基罗这位美术史上刻画男性人体美的大师，我有了深刻的了解。

走进一个个大厅，一座座不朽的雕塑接连出现在眼前，让我屏住了呼吸。这个地方，就是普希金造型艺术博物馆，坐落在沃尔洪卡街上，靠近地铁克鲁泡特金站。

它也许没有艾尔米塔什（冬宫博物馆）那么宏伟富丽，但却是我最喜爱的一个博物馆，留学期间，我去过不下二十次，仅在举办“从莫奈到毕加索”的印象派画展时，我就看了三次。我们上造型艺术史课时，老师叶莲娜·吉奥尔吉耶芙娜把那里作为“第二课堂”，讲到什么时期的艺术，就让我们到那里去看作品。她告诉我们，这是俄罗斯仅次于艾尔米塔什的外国艺术收藏博物馆。其中收藏着 54.3 万件展品，从古代埃及、巴比伦，直到中世纪、文艺复兴，以及随后各个时代的艺术品。老师说，博物馆是 20 世纪初创办的，但就展品数量及其艺术价值来说，可列为欧洲最大的艺术品收藏库之一。

普希金造型艺术博物馆还有一个别称，叫“模塑复制品博物馆”，因为它最初是作为收集世界文化杰作的模型复制品的机构而建立的。欧洲各大博物馆——卢浮宫、大英博物馆，还有柏林和梵蒂冈的博物馆，根据这里的订单，从各自收藏的古代原作制造复制品。除了保证复制品在规格尺码上与原作“逼肖”之外，还尽量选用跟原作一样质地、一样色彩的材料，即使是用石膏复制，也要在外形、颜色上达到同样的效果。

这里的复制品连残缺的部分都分毫不差，几乎和原作真假莫辨。这里几乎云集了艺术史上所有的著名雕塑作品，成了一个独一无二的雕塑世界。

这里的展厅设计都跟展品融为一体，每个大厅都按照一定的历史风格装饰，世界建筑艺术名作的局部，也被复制到这里来了。如古埃及展厅里，陈列着石棺、木乃伊、古代器皿，墙壁上绘有充满远古气息的巨型壁画和象形文字，建筑形式很像古埃及的庙堂，让人仿佛来到了公元前3000年的尼罗河畔。

走进亚述馆，两头顶天立地的怪兽组成了门洞，这两头怪兽是雕在两块巨石上的半浮雕，造型奇特：人头马身，后面有两条腿，前面竟有三条腿，还带着巨大的翅膀。它们从远古走来，默默地注视着几千年后的现代人。而凝望它们的我，心中涌起了无数疑问：它们究竟是动物还是图腾？为什么有着人的头？前面又为何有三条腿？它们原来在何处？怎样来到这里？它们的肚子里，又装了怎样沧海桑田的故事呢？

《拉奥孔》的感悟

我的目光久久停留在著名的群像《拉奥孔》前面，这是古希腊雕塑中的杰作。一位老人、两名少年和几条巨蛇缠绕在一起，他们在挣扎，他们在哀叹，却无法摆脱已注定的悲惨命运。古希腊悲剧是世界戏剧的鼻祖，而悲剧故事竟也成为当时雕塑作品的主题。《拉奥孔》的背后有一个神话故事，讲的是人与神的冲突：在长达10年的特洛伊战争的最后一年，奥德赛通过“木马计”攻破了特洛伊城。拉奥孔是特洛伊祭司，他识破了奥德赛的诡计，但他的警告没有引起同胞的重视，反而触怒了雅典娜和众神，雅典娜派遣两条巨蛇，在一次祭祀的时候，把拉奥孔父子缠死。

雕塑中间的老人就是拉奥孔。他胸部挺出，腹部收缩，头歪向受伤的身体一边。挣扎的双肩，绷紧的胸部，紧蹙的眉宇，以及面部的每条皱纹，都表现了他极大的痛苦。他左边的小儿子被缠窒息，即将气绝，那张稚气未脱的脸让人怜惜；右边的大儿子还未遭蛇咬，正企图逃脱。如此复杂的造型，如此生动的表情，如此强烈的动感，所有这一切，都来自古希腊艺术家的想象，却比真实更具震撼力。这种震撼力还来自古希腊的美学原则——美是造型艺术的最高法律，雕塑家在表现拉奥孔父子的巨大痛苦时，避免人物露出丑态，它和古希腊悲剧有着异曲同工之妙。因此这种震撼力，一直延续了两千年！

《拉奥孔》是公元前 1 世纪由三位艺术家合作完成的，后珍藏在古罗马皇帝提图斯的皇宫里。1506 年，一名意大利人在提图斯皇宫的废墟上种葡萄时偶然发现，使它重见天日，引起了巨大的轰动。几百年来，无数艺术家、美学家对它赞颂备至，认为它为希腊艺术划上了一个完美的句号。米开朗基罗赞叹其“艺术之不可思议”。黑格尔在《美学》第三卷里，列举拉奥孔群像为例，说明在雕像群里也可以描写动作、冲突，这一群像达到了高度的表情或高度的美的统一。苏联艺术史家阿尔巴托夫在《世界美术通史》中则评价道：“这一群像的艺术性正是高度的戏剧性，更正确些说，形式的悲壮、尖锐和明确，与金字塔式鲜明的结构、制作的简练接合了起来。”

德国 18 世纪戏剧理论家莱辛还以《拉奥孔》为题，写了一本厚厚的论著，阐述了他的美学理念。他写道："雕刻家要在既定的身体苦痛的情况之下，表现出最高度的美。身体苦痛的情况之下的激烈的形体扭曲和最高度的美是不相通的。所以他不得不把身体苦痛冲淡，把哀号化为轻微的叹息。"就是说，要表现巨大的痛苦，但要不失其美。然而，要达到这样的效果，则需要非凡的艺术功力。

一座《拉奥孔》，就像一把开启欧洲艺术的钥匙，曾让学习艺术的我受益匪浅。而这里，还有数不清的《拉奥孔》!

《拉奥孔》陈列在古希腊区里，这里还有著名的《米洛的维纳斯》，就是那尊断臂女神，原作珍藏在卢浮宫里。令人赞叹的是，维纳斯身上被千年风霜蚀刻的印痕，都宛然在目。还有米隆的《掷铁饼者》、菲狄亚斯的《处女雅典娜》，墙壁上，是长长的大理石浮雕《众神与巨人大战》，虽已残破不全，但仍可以看到充满雄性力度的人体雕刻，似乎比完整的作品更有力量和美。此外，被称为"雅典的王冠"的帕提侬神庙也被缩小复制到了这里，神庙的门廊、局部、装饰浮雕，帕提侬神庙上这些的雕刻作品并不在雅典，而是在19世纪初被运到了英国，原件我在大英博物馆看到过，的确与原件非常逼肖。古希腊区里还有一个精巧的雅典卫城古迹的模型，著名的环形剧场上的一排排阶梯清晰可辨。

用肌肉诉说情感

在二楼19世纪油画区，印象派和后印象派画家莫奈、雷诺阿、德加、凡·高、高更、毕加索等人作品收藏之丰，令人咋舌，这里的印象派绘画的藏品，是全世界最优秀的。边上摆放的雕塑则是同时代的罗丹的作品。这些雕塑没有文艺复兴时期的那么宏大，却细腻地用肌肉诉说出人类的情感，让人感受到阵阵涌动的激情，为生命的奇迹而感动。

19世纪，欧洲的艺术中心已从意大利转到了法国，罗丹是米开朗基罗后的又一位划时代的艺术泰斗。他打碎了古典主义的城堡，登上了现实主义艺术的高峰。他崇尚自然，在《罗丹艺术论》中说："但愿'自然'成为你们唯一的女神。"罗丹的作品多为青铜、石头，坚硬的材质真实地表现了男女间的爱情，他因而被誉为"近现代塑造男性与女性人体美的集大成者"。《永恒的春天》塑造了一对深情拥抱的情侣，男子左膝抬起，右手抱着女子，女子仰着头，腰肢柔软地转向后面，一只手勾着男子的脖子，两人在深深地接吻，姿态热烈而优美。在爱人们的心中，人间永远是芬芳馥郁的春天。

《吻》的主人公也是一对裸体男女。他们坐着相拥在一起，女子头歪向右边，男子俯下头，他们深深地吻着，吻着，忘却了身边的一切。在他们汹涌澎湃的激情面前，世界黯然失色。望着这对吻了一个多世纪的恋人，我不禁想起泰戈尔的诗句：世界对着它的爱人，把它浩瀚的面具摘下了。它变小了，小如一首歌，小如一回永恒的接吻。

这些作品都是罗丹工作室根据罗丹原作的模子翻制的，为数极少，只有世界上最好的博物馆才能得到一个，其实也被认为是原作。罗丹的名作《思想者》在中国展出时引起轰动，这也是其工作室为数不多的复制品之一，后以100万元的价格被上海一家房地产公司购买了。

我还看到了马约尔的《春》、《女人和花环》等雕塑。马约尔是18世纪末19世纪初的雕塑家，是罗丹的学生，作品风格与罗丹的精雕细刻不同，朴实无华，寓意却很深远，最著名的有《地中海》、《山岳》。《春》、《女人和花环》同样表现出了女性的自然美。

漫步这里，人们会沉浸在被优秀文化所渗透的历史中，沉浸在没有国界的艺术中。在被伟大的雕塑作品激发出强烈的情感震颤和精神愉悦的同时，我进而想到，尽管俄罗斯没能拥有原作，但以复制的方法将世界艺术珍品陈列给本国人民，同样可以陶冶人的情操。让孩子们经常亲近这些艺术品，感受到什么是美，潜移默化，心灵自然而然会变得高贵。这个完美的雕塑世界，成为我留学期间心灵的驿站。

订制这些名作复制品，价格不菲，然而政府却毫不吝惜。中国人常说俄罗斯具有“丰厚的文化底蕴”，其原因却没人深究过，窥一斑可知全豹，普希金造型艺术博物馆做出了最形象的回答。联想到国内，许多地方政府、企业热衷于复制人造景观，庸俗猎奇的“民俗村”、模仿粗劣的“欧洲城”比比皆是，我真想大声疾呼：少复制些人造景观，多复制些古典雕塑吧！

特里季亚科夫和他的美术馆

我终于圆了自己在求学期间的一个心愿——参观特里季亚科夫美术馆。在国外旅行时，我很喜欢去博物馆。我在国内和俄罗斯都学了多年的艺术史和艺术理论，接触了各种门类的艺术作品。我感觉，文学和戏剧可以通过阅读来一次次地体会其精妙之处（当然戏剧最好是看演出）；而音乐作品，感谢科技的进步，电唱机、录音机、CD的发明，使音乐家的作品、不同乐队、演奏家和歌唱家的演绎可以在家中反复品味。唯独美术作品，它的原作只有在博物馆里才看得到，尤其是欧洲的古典艺术作品，而看画册和看原作的感觉是极其不同的。

那年去英国，我参观了大英博物馆和英国国家美术馆，在爱丁堡也抽空去了苏格兰国家美术馆。在汇集了成千上万件油画和雕塑作品的殿堂里漫步，你会感觉到美已经成为这儿空气的一部分，是可以呼吸得到的，当我的目光久久凝视着神往已久的名作时，仿佛和艺术大师进行着心灵的对话。

美术馆原先属于私人

特里季亚科夫美术馆就是这样一所著名的博物馆，收藏着无数俄罗斯画家的杰作。这些艺术品原来属于私人，是19世纪莫斯科商人巴威尔·特里季亚科夫及其弟弟的私人收藏。我一直觉得俄罗斯人有一个特点，就是对艺术有着与生俱来的挚爱。无论是王公贵族还是普通百姓，无论是知识分子还是企业老板，都不例外。俄语里专门有一个词Меценат，字典里解释是“用金钱财物资助学术和文艺事业的人”，我思来想去，没有相对简洁的中文词语，勉强翻译成“艺术的赞助者”，然而他们又和当今中国、美国赞助艺术事业的企业不同，不是为了做广告或宣传自身形象，而是一种对艺术家真诚的支持，是不求回报的资助。可以说，俄罗斯艺术的辉煌，离不开他们的庇荫。

作为19世纪资本主义较为发达的莫斯科，有一大批这样的艺术赞助者，如纺织工业巨头萨瓦·莫洛佐夫资助了斯坦尼斯拉夫斯基的莫斯科艺术剧院，他出资建造的剧院至今仍天天有话剧演出；另一对同样姓莫洛佐夫的兄弟和修金一同收藏了莫奈、德加、高更、凡·高等欧洲印象派画家的大量作品，如今珍藏在莫斯科的普希金造型艺术博物馆和圣彼得堡的艾尔米塔什博物馆；里布申斯基则支持了俄罗斯本民族的现代派画家。

特里季亚科夫也是这群艺术赞助者中的一位。他本人是一个商人和纺织厂老板，却以独到的美学眼光和高雅的艺术趣味，收藏了列宾、苏里科夫等大批18世纪末至19世纪的俄罗斯学派的作品，特别是巡回画派的绘画。更为可贵的是，特里季亚科夫在画家们并不出名、穷困潦倒的时候帮助他们，出资收购他们的作品，使这些作品流芳百世。因此，他也成为许多艺术家的支持者。更让人感动的是，他收藏画并不是为了个人，他曾说过："对我这个真诚热爱写生画的人，最好的愿望就是奠定一个社会的、人人可以享受的美术储藏库，让它给大家带来益处。"1892年，他把2 000件私人收藏赠给莫斯科市。

十月革命后，苏联政府又将从各地收集到的俄罗斯优秀绘画作品集中到这里，同时不断增加了许多苏联时期的名作，使之成为一个庞大的艺术宝库。国家没有忘记特里季亚科夫，美术馆一直以他的名字命名。如今，美术馆里共收藏了6万多件11至20世纪俄罗斯艺术品，相当于英国国家美术馆藏品的30倍！直到今天，作品能够被这家博物馆收藏，对于俄罗斯画家们来说仍是至高的荣耀，它的地位相当于北京的中国美术馆。

1990年，我到莫斯科不久就在最大的书店里买了一本印刷精美的特里季亚科夫美术馆画册，一直希望能够到这个艺术殿堂里亲眼看一看那些作品。然而从那时起博物馆开始了工程浩大的维修工作，修了好多年。我毕业那年，博物馆终于重新开放，可是我在临走前抽出一天去参观，博物馆却正好关门。

这次，我终于如愿以偿。位于拉夫鲁申巷的美术馆修葺一新，不高的建筑带着一个个精巧的尖顶，很富童话色彩，与我在画册上看到的原样毫无二致。院子里矗立着特里季亚科夫的石像。门票价很贵，180卢布一张，相当于人民币60元。但是俄罗斯人只要15卢布。旅游景点或博物馆的门票"内外有别"，这在莫斯科很普遍，不过在圣彼得堡却没有这种情况。

从列宾到康定斯基

美术馆的外表并不高大，可里面大极了。展厅按历史顺序排列，先映入我们眼帘的是圣像画。15世纪圣像画家安德烈·鲁布廖夫的《三位一体》是古俄罗斯艺术中最完美的一件作品，人物的形态和表情已开始摆脱中世纪的僵硬风格，记得在莫斯科戏剧学院上造型艺术史课的时候，老师曾说，这是俄罗斯历史上第一位真正的画家。接下来的18世纪的展厅里，王公贵族的肖像画占了大多数，直到19世纪初，画中才出现了平民的形象。特罗皮宁柔和细腻的《绣花女》、费多托夫富有戏剧性的《上校的婚礼》，都很有生活气息。

俄罗斯艺术的辉煌在19世纪。列宾是中国人最熟悉的一位俄罗斯画家，连小学生都知道他的《伏尔加河上的纤夫》，因为这幅画被收入了语文课本，许多人以为他是个“革命画家”。其实，列宾这位擅画人物的大师涉猎面非常广泛，也创作过许多宫廷题材的画。我曾在俄罗斯博物馆里看到他的创作于1901年的《俄罗斯国务会议百年纪念》，占了整整一面墙，堪称煌煌巨作，技巧极为成熟。他的另一幅名作《伊万雷帝和他的儿子伊万》则陈列在这里，画面表现的是沙皇伊万四世在狂怒中杀死长子，随后抱着儿子的头痛悔不已的悲剧性时刻。列宾的肖像画也非常出色，他笔下的穆索尔斯基不修边幅，有着乱蓬蓬的头发和胡子，以及红红的酒糟鼻子，根本不像一个作曲家，这也许是音乐家最真实的一面吧。

苏里科夫的画素以表现历史题材和宏大场面著称。最有名的《近卫军临刑的早晨》就收藏在这里。还有一幅长六七米、高4米的巨作也极具震撼力：冰天雪地里的一张雪橇上，坐着一个身穿黑衣的女子，她手上戴着长长的锁链，但仍右手指天，愤怒地呼喊着。周围围观的几十个人神态各不相同，左边的几个地主、老爷在哈哈大笑，而右边的老百姓有的惊恐，有的同情，有的悲伤，还有个衣衫破烂的乞丐坐在地上，为她划十字祈祷。同去参观的徐明德教授一看就说，这是《女贵族莫洛佐娃》，画中的女贵族因反对沙皇被拉去送上绞架，但仍在反抗，眼中射出复仇的火焰。旁边还陈列着这幅画的许多局部草图，有旁边人物的小稿，也有莫洛佐娃的画像，最初的画稿上她手上没有镣铐。这些草图反映了画家的创作脉络，也使我了解艺术家为创作一幅宏大的作品要付出多么艰辛的劳动。

俄罗斯的风景画也达到了很高的艺术成就，除了最优秀的代表列维坦外，还有以画森林出名的希什金、以画大海见长的艾瓦佐夫斯基、描绘了秀丽的乌克兰风光的库因奇，等等。瓦西里耶夫的《解冻》勾勒了典型的俄罗斯乡村景象：乌云密布的天空、刚刚开始融化的道口、远处仍覆盖着白雪的田野，孤孤单单的祖孙俩在期盼着春天的到来……还有专画战争题材的维列沙金，他画了荒原上一堆小山似的骷髅，几只乌鸦落在上面，无比凄凉，而此画名为“战争颂歌”，具有很强的讽刺意味。

雅罗申科是一位不大出名的画家，但有一幅画引起了我的注意。画家选取了流放列车一节车厢的窗口，囚犯们扒在栅栏前，拿着省下的面包渣喂鸽子，脸上露出温柔的笑容，其中还有一个天真的儿童，作品所蕴藏的意味令我感动。这些人尽管遭到流放，但心中还有着对生活深深的爱，这幅画起名“处处都有生活”，《文汇报》的“笔会”曾选登过。伏卢贝尔在中国介绍也不多，他被称为“画家中的陀思妥耶夫斯基”，艺术语言独特而怪异，大胆使用蓝色色块，表现神话题材，后期还用石头、瓷片和彩色玻璃创作拼贴画，效果十分奇特，伏卢贝尔对世界现代绘画有一定影响。

20世纪初的俄罗斯美术流派纷呈，从印象主义、表现主义到抽象派、野兽派，从康定斯基的丰富色块到马列维奇的几何图形，从夏加尔儿童画般的《起步走》，到连图洛夫色彩斑斓的《瓦西里升天大教堂》，还有彼得罗夫-伏特金的《骑红马的人》、库斯托季耶夫的《布尔什维克》……让人眼花缭乱，美不胜收。当代作品的数量也很大，俄罗斯艺术科学院院士梅尔尼科夫和莫依先科的多幅作品也被美术馆收藏。

陈钧德教授边看边感叹道：“我们五六十年代跟随苏联专家学习美术，但很长一段时期，让我们学习的和来华展出的大多是现实主义风格的作品。没想到俄罗斯也有如此丰富、风格迥异的现代派绘画，不到博物馆亲眼看看，怎能了解俄罗斯艺术的全貌？真是不虚此行！”

艺术家的容颜

在美术馆里，还有一类非常有价值的作品，就是作家、戏剧家、音乐家、画家的肖像画。其中有俄国浪漫主义画派的代表基普连斯基绘于1827年的普希金肖像，这是他最优秀的作品之一。画中，年轻的诗人着一袭黑衣，右肩随意披了条暗红格子的长围巾，双手交叉在胸前，有一头黑色卷发的头微微转向左边，眼光也投向那里，眼神中有自信，有思索，有淡淡的忧郁，更有一种动人的纯真，完美表现了诗人的气质。这幅画，曾无数次出现在许多普希金的作品集和有关他的书籍中，可见它是最为出色的普希金肖像之一。

我还看到了俄罗斯最伟大的剧作家奥斯特罗夫斯基的肖像。它由画家彼洛夫画于 1871 年。我在俄文和中文的奥斯特罗夫斯基剧作集中也多次看到过这幅肖像，这次见到原作，感觉非常亲切，创作过《大雷雨》、《智者千虑必有一失》、《无辜的罪人》、《没有陪嫁的女人》等 48 部作品的戏剧家又生动地出现我面前。他上了年纪，头发脱了大半，有一圈棕黄色的络腮胡子，穿了一件镶了一圈毛的普通皮袍子，服饰似乎不像个作家，有点像他笔下的地主、商人。然而，将他和地主、商人、市民区别开来的是他的眼神。他目光炯炯，严厉中透着愤怒，更有一种批判的力量。在这锐利的眼神面前，社会的丑恶、人性的扭曲、平民女性的忍辱负重、官僚商人的尔虞我诈，都暴露无遗。

博物馆里还有托尔斯泰、陀思妥耶夫斯基、契诃夫和作曲家柴可夫斯基、格林卡、里姆斯基-柯萨科夫等一大批艺术家的画像。19 世纪最著名的女演员叶尔莫洛娃的肖像也在这里，她身穿一件黑色长裙，脖子上挂着白色珍珠项链，傲然注视着人世间的芸芸众生。博物馆的负责人告诉我，汇集这么多艺术家的肖像也要归功于特里季亚科夫，有的是他购买的，有的是他订制的。将这些文化名人的容颜留给后人，这是多么有意义啊！展厅里还有一幅特里季亚科夫的肖像，是列宾所画，这位瘦瘦的俄罗斯文化的庇护者，和他收藏的作品一起，永远留在了这座老房子里。

美术馆太大了，展厅太多了，作品太优秀了，年过六旬的陈均德教授虽然已经走不动了，但仍不想离开。坐下来歇会儿，徐明德拿出人参含片分给大家吃，说："吃了人参再看！"大家都哈哈大笑。

的确，高尚的艺术作品又何尝不是"精神的人参"呢？回到上海已经有些时候了，想起吃人参看博物馆的趣事，还是不觉莞尔。

（本文刊于2001年11月23日《文汇报》笔会）

俄罗斯的教堂

此次重返俄罗斯，我在莫斯科听到、看到的一件大事，就是多座教堂的重建。

红场上的新教堂

据了解，莫斯科历史上最多时有700座教堂，苏联时期毁去了大部分，最少时仅剩50座，现已增加到250个，另有50个正在修复之中。近几年，莫斯科不断出现新教堂。就说红场上的那座新教堂吧，它的建筑为俄罗斯古典风格，约三四层楼高，砖红的色调配上传统的五圆顶，显示出东正教堂特有的平稳和庄严。但是，与周围的古建筑、教堂相比，新教堂还是缺少那种恢宏的气度和精致的雕琢，显得有些粗糙。

新教堂所在地原是一片空地，但在很久以前，这里也是一个教堂，名叫喀山圣母教堂。教堂的名字来自喀山圣母像。据史书记载，16世纪时，当伊凡雷帝攻打喀山时，在烽火中发现了这幅圣像画。后来，喀山圣母像不断传出“显灵”的事儿，成为俄罗斯东正教教徒最敬奉的圣像。传说1612年至1613年间，莫斯科被波兰军队所占领，德米特里·波扎尔斯基大公带领军队前去解救，在作战时也带着这幅圣像画，俄军与波兰军队的交战取得了空前的胜利，俄官兵们认为是靠了喀山圣母的庇护。从此这幅圣像画被视为俄罗斯军队的守护神。于是，德米特里·波扎尔斯基大公于1630～1633年建造了喀山圣母教堂。教堂建成后前来做膜拜者众多，直到20世纪30年代，红场扩建，教堂被拆毁。

喀山圣母教堂的重建得益于俄罗斯虔诚教民的帮助。大约从1991年起，红场边上的这片空地上，搭起了一个木质的亭子，供奉着喀山圣母的画像，下面有一个募捐箱，接受人们的捐款。当时常常有头上包着花头巾的俄罗斯老大娘划着十字，颤颤巍巍地掏出几个卢布投入箱内，然后虔诚地亲吻圣像。过了两年，新教堂便破土动工了，各界人士的捐助化作了教堂的一砖一瓦。

20世纪90年代末，红场靠近历史博物馆处又增添了一座复活门，复活门前还有一座极小的教堂，是为纪念伊维尔圣母像而建的。

“横空出世”的救世主大教堂

来到莫斯科河边，一座“横空出世”的新教堂让我震惊。它比喀山圣母教堂要宏伟得多，灰白色的巨大建筑巍然屹立，挺拔高耸，四个小圆顶围绕着一个金碧辉煌的大圆顶，上有无数雕塑、浮雕，里面的一个主殿和两个次殿可容纳1万人，殿堂里布满了圣经故事和历史题材的天顶画、壁画，在一盏盏水晶大吊灯映照下，整座教堂华丽精致，美轮美奂。这就是救世主耶稣大教堂。它的重建被认为是莫斯科一个“真正的奇迹”。

许多莫斯科人并不知道这座大教堂的来历，因为在很长一段时期，这里曾是一个游泳池。然而，救世主耶稣教堂曾是东正教的一座圣地，也是一座具有纪念意义教堂。它是为纪念1812年抵抗拿破仑军队入侵所取得的胜利而建，成为俄罗斯人民英雄主义和爱国主义精神的象征。

1812年12月，在将拿破仑的60万军队赶出俄罗斯边境之后，为纪念那么多为了俄罗斯土地的自由和完整献出生命的人，沙皇亚历山大一世下令建造一座新教堂。救世主耶稣大教堂的建造是一个浩大的工程，从1839年奠基起，总共建造了44年！集中了当时最好的建筑师、画家、建筑工人，教堂四面外墙上都是关于1812年战争的纪念雕塑，也有许多历史人物，教堂雕塑由克罗德、拉曼扎诺夫等雕塑家创作完成，连苏里科夫、克拉姆斯科依、维列沙金等著名画家都参与了教堂壁画的创作。

可以说，大教堂是由整个俄罗斯共同建成的，也成为俄罗斯的光荣、信仰、伟大的化身，以及许多历史事件的见证。它堪称一座伟大的艺术品，被誉为国家建筑的典范。后来，俄国一系列重大仪式、纪念活动都在这个教堂里举行，伟大的作家果戈理的塑像也在这里落成。

1931年，救世主大教堂却遭到了毁灭的命运。斯大林决定在莫斯科河边的这块地方建造一座100层高的象征苏联政权的摩天楼。由于教堂非常坚固，先后炸了三次才炸掉。当年12月5日，救世主大教堂终于变成一片废墟。但是不知是什么原因，那幢摩天楼迟迟没有建，这里留下了一个巨大的坑。后来就爆发了第二次世界大战。1958年赫鲁晓夫上台后，这一大片空地成了“莫斯科游泳池”。

从1980年起，苏联国内有了重建救世主耶稣大教堂的呼声。苏联解体后，俄罗斯东正教大主教阿列克西二世和莫斯科市长卢日科夫，将此提上议事日程上来。重建只花了五年时间，建设者们付出了“巨人泰坦般”的劳动，救世主大教堂如火凤凰般在原址“复活”了。整个建筑高度103米，为俄罗斯东正教教堂之最，仅墙的厚度就达3.2米。

一大批艺术家投入了这项艰巨的劳动。他们中有俄罗斯艺术科学院主席采列塔里、有“苏联人民建筑师”（建筑师中的最高荣誉）罗扎诺夫，还有众多俄罗斯艺术科学院院士、列宾美术学院和莫斯科苏里科夫美术学院教授、毕业生。完成圣像画极为不易，因为在俄罗斯已有70年没有建过新教堂了。壁画的总面积达2.2万平方米，其中9 000平方米是镀金的！

俄罗斯雕塑家协会则承担了所有雕塑的重塑工作，莫斯科和圣彼得堡50多位最优秀的雕塑家中，既有著名的科学院院士，也有年轻的后起之秀，他们从历史照片里寻觅原来雕塑、浮雕的造型，细细研究，然后用了一年半的时间，完成了48组雕的重塑，其中8组是群雕。而一个多世纪前的艺术前辈们完成第一组群雕就花了17年！

北立面有一组高浮雕，波扎尔斯基大公和公民米宁从波兰人手中解放莫斯科，高达4.3米。如今，当我站在教堂的不同位置，细细欣赏那一组组生动、风格统一的群雕时，很难想象它们出自不同的雕塑家之手，俄罗斯雕塑家高超的职业水准令我肃然起敬。

东正教的回归

大量教堂的重建和修复，反映了东正教在俄罗斯的回归。

东正教又称正教，和天主教一样，同属基督教的分支，它原来在俄罗斯传播极广，从城市到乡村，处处可见大大小小的教堂，绝大多数的俄罗斯人都是虔诚的教徒。毫不夸张地说，如果撇开东正教，俄罗斯 18、19 世纪的文化、艺术和社会生活，就不是完整的。十月革命后，东正教在俄罗斯大地上沉寂了数十年。

东正教的回归始于 20 世纪 80 年代，戈尔巴乔夫当政时期，东正教作为传统文化的一部分，在苏联有所恢复。大学生也开始对东正教发生兴趣，台上教授讲课，台下看《圣经》及宗教书籍，一时成为大学校园的时尚。1988 年，是东正教传入俄国 1 000 年。俄东正教在全国举行了盛大的庆祝活动，狂欢三天三夜，在莫斯科各大街挤满了游行队伍，各教堂灯火辉煌，电视台全天 24 小时跟踪报道，仿佛整个国家都随着宗教活动在颤动。其活动性质已远远超出宗教范围，而成为发泄对执政党、对社会不满的一种示威，新当选的俄罗斯东正教大主教阿列克西二世曾这样预言，苏联“正在经历一个信仰复苏时期”。

估计俄罗斯现有 6 000 万东正教徒，而且很多非东正教徒也赞同把教会作为俄罗斯文化和民族荣誉的象征。原来俄罗斯青年结婚时要向红场上的无名英雄纪念碑献花，现在这一传统仍然保留了下来。同时，婚礼又增加了一项内容——去教堂。

宗教热的另一个突出表现是向青少年渗透，甚至深入军队，开始填补广大官兵的信仰真空。车臣战争期间，每当官兵阵亡，总有神职人员主持葬礼，参战的官兵把宗教当作精神依托的庇护神。在驻车臣的一个空降团有一位军人阵亡，神职人员在为其举行葬礼之后，把一枚十字架送给了该团。该团官兵把这枚十字架奉若神明，顶礼膜拜，后来该团伤亡人数减少，该团官兵认为这是十字架显灵。消息传开，全军震动，从此宗教在军队中名声大振。

漂浮在圣彼得堡上空的圆顶

一位建筑学家说过，世界上所有建筑中三类最宏伟华丽，它们分别是皇宫、教堂和银行。的确，教堂是欧洲建筑史上最精彩的一部分。俄罗斯的教堂多为东正教堂。方正的底座，洋葱头式的圆顶，高高的钟楼，金光灿灿的十字架，与天主教哥特式教堂完全不同。

有人说，圣彼得堡上空“漂浮”着无数的东正教教堂的圆顶。在这无数的圆顶中，最高的要数圣伊萨基大教堂，它高101米，在莫斯科的救世主耶稣大教堂完成之前，一直是东正教教堂之冠。

和教堂同名的广场位于涅瓦河的左岸，它是众多广场及建筑群中最雄伟最壮观，气势最庞大的一个，是圣彼得堡三百年来历史文化最好的见证。广场及教堂名称来自圣徒伊萨基，由于彼得一世的生日正巧是圣徒伊萨克的纪念日，所以在俄罗斯历史上，5月30日是最重要的节日之一，依照传统，每年要在这里举行重大的庆祝活动，因此，伊萨克广场成为俄罗斯帝国之都的象征，而伊萨基大教堂，则是俄罗斯最重要、最隆重的宗教圣地。

教堂外观庄重典雅，灰白色的外墙，下部四四方方，相互对称，中间有三角门楣及两排红褐色的立柱，教堂四角上方装饰着神话故事中的人物雕像，分别象征信念、睿智、力量、平等。而三角门楣里的半浮雕、高浮雕也极具艺术水准，如北面门廊的《耶稣升天》高浮雕，耶稣、天使的造型气韵生动，这是当时雕塑家拉曼扎诺夫和扎列蒙的作品。四方的大殿上面还有两层，最高处是一个巨大的金色圆顶。

走进教堂内部，我不禁屏住了气，因为大殿极为开阔，抬头只见一个又一个穹隆顶高不可及，上面布满了巨幅壁画以及金色的雕塑，让人感觉到自己的渺小。而教堂每个角落都装饰得精美细致，我只怨自己的眼睛不够用。教堂内最漂亮的是大小不同的石柱，色彩缤纷绚烂，瑰丽高雅。翠绿的孔雀石柱是爱奥尼柱式，支撑着东边的圣像墙，中间的巨大的方柱用乳白的、米黄、灰黑、暗绿等各种石头镶嵌而成，配以大量洛可可风格的金色纹饰，显得格外华贵富丽。原来教堂是采用许多种的珍贵罕见石头建筑而成，有叙利亚石、热那亚石、意大利白色大理石。不过，据介绍，石材只用了薄薄的一层，贴在表面，这也体现了工匠卓越的手艺。

难怪圣伊萨克教堂被誉为“综合艺术中最杰出的建筑极品”。

最有意思的，教堂一侧的边门有一条只容一人通过的“秘密通道”，那是一条长长的盘旋而上的阶梯（据说共 200 多级），我沿着楼梯爬到顶部，再通过一段悬空的扶梯，就到了教堂的大殿顶端，再往上便是那个金顶。这一层被一圈几十根大柱子围住，真不知道没有起重机的时代它们是怎么被运上来的。这里可以眺望圣彼得堡的全景，广场上的尼古拉一世骑马雕像，教堂四角的神话人物青铜雕塑近在咫尺，圣彼得堡这座艺术之城的魅力让人沉醉。

坐落在涅瓦大街上的喀山大教堂则是圣彼得堡另一座大教堂，这个教堂的名称也来自教堂内所供奉的喀山圣母像，和莫斯科红场上那座重建的教堂一样。它有一个淡蓝色的圆顶，上面的十字架高达 64 米。这座教堂占地也极为宽广，结构不同于一般的俄罗斯教堂，双排柱廊组成了半圆形围廊，每根柱子都粗大无比，一人无法合抱，高十余米，每排 24 根，共 48 根。去过意大利的人都会觉得这座教堂似曾相识。原来，18 世纪保罗一世访问罗马期间，看到圣彼得教堂后赞叹不已，决定以它为蓝本在涅瓦大街上建造一座大教堂。令人惊叹的是，这座如此宏伟的建筑于 1801 年奠基，10 年后就完工了。

而喀山大教堂建成后不久，就发生了 1812 年的俄法战争。独眼元帅库图佐夫曾在这场战争中争胜拿破仑，因此深得俄罗斯人的爱戴，他的骨灰就安放在这座教堂里，教堂前方广场上还有他的一座纪念铜像。教堂里还收藏着许多关于这场战争的纪念物品，因此这里也成为一个安抚阵亡战士灵魂及守护光荣战绩的英雄纪念堂。

复活教堂里的马赛克镶嵌画

圣彼得堡上空的另一组漂亮的圆顶是复活教堂，它坐落在格里鲍耶陀夫运河边，共有九个童话般五彩缤纷的“洋葱头”顶，中央最高的那个顶由蓝、绿、白三色的曲线“扭”成，高达81米。整座教堂的造型恰似红场上的瓦西里升天大教堂，只是颜色更素雅一些。这座玲珑可爱的教堂民间却有一个可怕的名称——滴血教堂。

因为它是为纪念被暗杀的沙皇亚历山大二世而建。亚历山大二世是俄罗斯历史上著名的沙皇，他顺应潮流进行改革，修建两万多公里铁路，废除农奴制，这一改革被称为“法国大革命之后最伟大的社会运动”，他下令释放政治犯，允许西伯利亚的流放者回归内地。然而，亚历山大二世的改革也引起许多人的不满，他曾多次遇刺，都幸免于难。1881年3月1日，民意党人格涅维斯基向乘坐马车经过这里的他投去炸弹，终于得手，亚历山大二世当场被炸断了腿，下午在冬宫死去。亚历山大二世在位26年，对俄罗斯贡献很大，因此这一刺杀行动引起了全国上下的不满，为了怀念这位仁君，便在他被刺地点建造了这座教堂。

这座教堂于1883年奠基，于1907年8月完工，由沙皇尼古拉二世主持了隆重的揭幕仪式。复活教堂中心由四条碧玉石柱支撑的拱顶，守护着一个特别的地点——当年亚历山大二世中弹溅血之地。

而如今教堂之所以大大有名，却是因为其内外墙壁令人惊叹的艺术品——马赛克镶嵌画。教堂四壁布满了《圣经·旧约》故事的壁画，一直到顶，外墙各个角落也如此，都极其精致华丽，体现了极高的艺术成就。当时著名画家涅斯捷洛夫和鲁布斯基等都参与了壁画的绘制，再由圣彼得堡艺术工作坊的工匠用无数不同颜色的马赛克精心镶嵌而成。

走在教堂里，一幅接一幅的宗教故事壁画扑入眼帘，人物传神的面部表情、丰富的形体动作和柔软发亮的衣料，均栩栩如生。而这一切，都是用坚硬而细碎的马赛克来表现的！这需要多么巨大的劳动！难怪规模比喀山大教堂小得多的复活教堂，建造的时间却比喀山大教堂长，整整 24 年。据统计，复活教堂外面的马赛克镶嵌画总面积达 6 000 平方米，内部约为 1 000 余平方米。

用马赛克制作教堂壁画的目的，是使其能保存得更长久些。而复活教堂里的马赛克镶嵌画笔法细腻柔和，色彩明丽，过渡自然，效果不亚于油画。这也是俄罗斯艺术家的伟大创造。我想，如果要研究马赛克艺术作品，圣彼得堡的复活教堂无疑是最好的去处。

莫斯科的地下宫殿

最近几次重返俄罗斯，看到莫斯科地铁图，如蛛网状仍在不断延伸，这让我非常欣慰。

苏联时代交通事业极为发达，许多大城市，像莫斯科、圣彼得堡和基辅，都有地铁。地铁的设计非常科学与合理。地铁站大多设在地面，有一个漂亮的建筑，顶上有一个大大的 M，这是 Метро（地铁）的第一个字母，在夜间放射出红色的光，极其醒目；也有的地铁入口处建在地下通道里（莫斯科的马路很宽，车辆多，车速快，因而修建了大量的地下通道供行人通行）。地铁的入口处有一排自动通行装置（闸机），同时可供十余人通过。当地铁票价原先一直是 5 戈比的时候，乘客只要将平时使用的 5 戈比硬币投入这个装置的投币孔，便可以通过了。由于 5 戈比硬币兼做乘地铁的筹码之用，因而是个儿最大、分量最沉的"车票"。如果乘客身边没有 5 戈比的硬币，可以到边上的换币箱，将 10 戈比、15 戈比或 20 戈比的硬币分别投入不同的箱中，便换出等价的 5 戈比硬币。

后来，上万倍的通货膨胀使“戈比”这个词从俄罗斯人的生活中一度消失了。地铁的入口处通行装置虽未变，但代替原来的5戈比、后来的15戈比的，已是塑料筹码了，而一个个换币箱却孤零零地站在那里，再也无人光顾，成为上一个时代的“遗留物”。进入21世纪后，莫斯科地铁也改用了地铁票，先是一种上面有磁条的，可以一次使用或多次使用（票价不同），后来又有了接触式的，有点类似于上海的地铁票。但莫斯科地铁与伦敦地铁不同的是，一直是统一票价，这也是俄罗斯的大气之处吧。

莫斯科的地铁造得非常深，一条长长的自动扶梯将乘客送到几十米深的地下。记得我第一次踏上地铁站的自动扶梯时，差点摔倒，因为它运行的速度实在太快了。地铁的速度也很快，达到每小时80公里以上。地铁发车的频率很高，平均2分钟一趟，高峰时几十秒钟就有一趟。这是由于地铁作为莫斯科最重要的交通工具，利用率极高的缘故。

高速、准时、价廉使地铁成了莫斯科的“生命线”。到20世纪90年代，莫斯科共有10条地铁线，9条纵横交错、深浅不同的直线由环线串联成一体，共有300多个站台，通向莫斯科城的任何一个地方，任何一个角落。这些地铁站互相都有换乘点，有的深仅十来米，有的二三十米，有的却有四五十米深。最多的一个地铁站有4层，4条线在这里换乘，好在换乘都不用出地铁口，均在地下进行，不需另行付费。莫斯科市民已坐惯了地铁，虽然线路错综复杂，但绝不会弄错。我在莫斯科留学时，地铁也是最常用的交通工具。当时上海的地铁还处于建设初期，莫斯科地铁让我十分羡慕。

地铁被莫斯科人自豪地称为“地下宫殿”。细细看去，每一个地铁站装饰风格各异，或富丽堂皇，或简洁流畅，或精雕细刻，或气势宏伟，无不显示出设计者和建筑者的匠心。在共青团站的大厅里，四壁和两排高大的柱子都是大理石贴面的，雍容华贵，拱形的顶上则是金色突起的花形边框和浮雕，彩色的马赛克拼成各种图案，嵌在金色的边框中间，一圈又一圈地向前延伸，如波浪似的连绵不断。整个地铁站不仅显得豪华富丽，并且让人感受到一种欢快的节日气氛。

欣赏这些地铁站不同的设计，也是一种艺术的享受。新铁匠桥站的站台由一个个古典风格的大理石门洞构成，连候车的长椅也用大理石制成，造型典雅；马雅可夫斯基站则以一幅幅艳丽的马赛克天顶镶拼画取胜，内容均为体育竞技，加上线条明朗的不锈钢柱子，十分美观大方；十月站一面墙的设计别具匠心，这面墙与出口相对，并不通向外面，黑色的栅栏后面，是一片由浅至深的蓝色，灯光下，恰似莫斯科 5 月诗意的天空，蓦然出现在深深的地下站台。

斯摩棱斯克站因为地面上十月革命时期曾发生过著名的街垒战，所以站台大厅一面墙上，有一幅红军战斗的大型浮雕，出自一位水平很高的雕塑家之手；而革命广场站里，大约 50 座比真人还高大的青铜雕塑被安置在每根柱子的两侧，雕塑均为手持武器的游击队员形象，有男有女，或站或蹲，神态逼真，那警惕的目光，那充满动感的身形，第一次来到这个车站的游客，是一定会被“雷”到的。

莫斯科的地铁艺术水准如此之高，不仅因为俄罗斯是个热爱艺术的民族，还与政府的大力支持有关。地铁是20世纪30年代初开始建造的，当时任莫斯科市委书记的赫鲁晓夫指示政府拨出巨款，使用最好的建筑材料建地铁，并请了最好的建筑师、画家、雕塑家参与建造工作，市中心主要地铁站的设计交给不同的建筑师和艺术家，从地面车站到地下站台，均由一人负责，因而每个地铁站都具有强烈的个人艺术风格。

建造如此庞大、宏伟的地铁系统，除了艺术家的贡献外，更离不开工程师、普通工人，甚至莫斯科市民付出的劳动。苏联著名的“星期六义务劳动”，其中重要的内容之一就是全民出力修建地铁。只有全体市民行动起来，才能在不长的时间内修建成这样规模宏大的地铁，而高水平的艺术家，高质量的建筑材料的投入，则保证了地铁的质量，保证了建成后的长期使用。百年大计，质量为先。比如红场边上的列宁图书馆站建于20世纪30年代，距今已有80多年，利用率很高，现在构造仍完好如初。莫斯科地铁能有今天如此规模，是其长期不间断地建造的结果，不管国家经历多大挫折和困难，这座地下宫殿的建造从来没有停止过。甚至在卫国战争期间，德国人的炮火也没有动摇莫斯科人建造地铁的决心，地面炮声隆隆，地铁却在地下顽强地向前延伸。

在苏联解体之后，曾有人对莫斯科豪华的地下宫殿颇有微词。有一次，我与俄罗斯同学安娜一起经过阿尔巴特街站时，她指着站台顶上一圈圈精致的白色花纹和同样精美的灯饰说：“这就是斯大林时代的风格，过于奢华、造作，当时人们连饭都吃不饱，他却把钱全花在这些虚浮的美丽上。”但我对此论并不苟同。

地铁站是苏联人民的智慧和汗水的结晶，是不朽的艺术珍品。它的价值是永恒的。它不会随着政治制度的变更而失去其固有的价值。正好相反，在当时战后苏联物质生活极艰苦的客观条件下，苏联的建筑工人、专业人员和艺术家依旧能创造出堪称世界一流的“地下宫殿”，这是人类建筑史和轨道交通史上的奇迹，也是人定胜“地”的骄傲。正像指责建造金字塔和长城是荒谬的一样，指责莫斯科地铁的建筑艺术为“虚浮的美丽”，也是一种在“否定过去”的大背景下产生的过激观点。

人气鼎盛的自由市场

讲到莫斯科和圣彼得堡的社会生活，不能不提到市场。最早、最多的市场是类似中国农贸市场的那种自由市场，和上海原来那些马路菜场不同的是，俄罗斯的市场都是在室内的。而俄罗斯实行全面私有化以后，各种市场大大兴旺起来，除了卖副食品的自由市场，城市里又出现了许多露天市场，卖服装，卖百货，卖地毯，卖家电，卖五金配件……

卖副食品的自由市场，历史久远。从十月革命前到苏联时代，再到苏联解体后，存在了几百年。一本美国人写的介绍俄罗斯旅游的书中写道："不知怎么的，这些小规模的'资本主义堡垒'竟然设法在前苏联对私有财产的袭击下生存了下来。也许因为当国营商店的货架上除了一点枯萎的甜菜根和布满灰尘的苹果汁以外空空如也的时候，即使最忠于职守的当局官员为了那么一点点特殊的东西也要仰仗自由市场。"

去俄罗斯的市场，如莫斯科切廖穆什金市场或圣彼得堡的库兹涅茨基市场，本身也是一种有趣的体验。它们堪称苏联时期自由市场的缩影。市场内有成百上千个摊位，弥漫着酸黄瓜、咸鱼、熏肉和水果混合的奇怪味道。来自各个角落的商人们与不经意经过的顾客打着招呼。皮肤黝黑的格鲁吉亚人嘴里一边说着“先生，给漂亮的女士买一束吧”，一边兜售火红的玫瑰花；乌兹别克和土库曼人蜷缩在一堆堆西瓜和炒葵花子旁边；身材丰满的乌克兰大婶邀请你品尝他们的民族之最——被称做 Salo 的大块烟熏肥猪肉；来自里海的渔民骄傲地站在一桶桶黑色和红色的鱼子酱前面；头戴鲜艳头巾的老妇人在卖来自郊外自留地的腌西红柿和腌蒜。在国营商店买不到好肉的时候，这里永远有最好的牛肉，还有整条的大马哈鱼、烟熏三文鱼、小乳猪，应有尽有，不过价格非常昂贵。夏天，这里则被碧绿碧绿的大西瓜、鲜红鲜红的草莓、大颗大颗的樱桃所占据。

记得我留学的时候，为了填饱肚子，经常光顾自由市场。我住的宿舍靠近地铁里加站，旁边就有一个里加市场，由于国营食品店几乎从来见不到猪肉，我们锅里的肉类大多来自这里。因此，我也经常和市场的小摊贩打交道，记得还发生过一件很有趣的事儿。

那是 1991 年 11 月，我为了拍摄一张市场的照片，找了个水果的摊位。摊主是两个类似上海见到的卖“阿里巴巴烤羊肉”的来自阿塞拜疆的“黑毛”，起初说什么也不肯做我的“模特儿”，后来我告诉他们，我是中国许多报纸、杂志的驻莫斯科记者，拍照是为了替他们扬名，而且拍的是彩照，并答应冲印后送一张给他们。当时彩照在俄罗斯还是很稀罕的，有了这个条件，他们才笑容满面地站在摊位上，让我拍摄。

半个月后，当我收到国内寄来的彩照，特地去了里加市场，找了半天，才将这两个摊主找到。当我将彩色照片送给他们的时候，他俩笑得嘴巴都合不拢了，立即从堆得像一座小山的水果堆上，拣了许多石榴、苹果和黄瓜送我，还连声不迭地说“谢谢”。我道谢后，也不客气地收下了（因为平时也屡遭其“斩”）。这时，大约有十几个个体摊贩都围了上来，纷纷表示愿以比这更优惠的回报，请我各为他们拍一张彩照。我说：今天照相机没带，下回如有可能，一定满足各位的要求。随后，我背着装满了一张彩照换来的水果的书包，得意洋洋地回到了宿舍，并招呼同住一层楼的同学们来分享。

莫斯科还有一个出售工艺品的大市场——伊兹玛依洛夫市场。它位于莫斯科的东部，那里有一个伊兹玛依洛夫公园，还有一个宾馆群。距莫斯科市中心有二三十公里，一路上都是森林。几年前我去过一次，那里原是一个自然形成的集市，奇大无比，好像还依着一座小山，做小生意的俄罗斯人从山下一直排到山上，有卖俄罗斯披肩、手绘漆盘、套娃、琥珀饰品的，有卖军用表、望远镜，还有卖裘皮大衣、手绣的桌布、窗帘，等等，艺术品中的油画令人眼花缭乱，有不少画得很出色。那天非常寒冷，我们逛了半天，脚都冻木了，还没有逛到头。印象最深的一个场景是一个瘦瘦的女人小心翼翼地打开一个盒子，问我要不要“祖母绿”，她说是为了给家里人治病，才拿出来卖的。那是我第一次见到这种珍贵的宝石，看上去像一颗极小的绿玻璃，因莫辨真伪，我摇了摇头。

这次去伊兹玛依洛夫市场，发现一切已不同了。整个市场经过了重新规划和建设，建造了一大批非常可爱的小房子。远远望去，有一个个俄罗斯传统的洋葱头式的圆顶和尖顶，仿佛是一个童话中的小市镇。入口处有巨大的卡通人物造型，笑嘻嘻地跷起大拇指向来宾招呼。房子都是用木头搭建的，恰似我去过的苏兹达小城保留下来的100多年前的民居。其实，每间小房子都是一个摊位，各色人等也都入室经营。看来，重建后的新市场富有特别的艺术情趣，比中国的集市要有序、美观得多。

摊位里摆着的都是手工艺品，如银器、瓷器、琥珀制品的，手绘的木制胸针、首饰盒、一种名叫“哈赫洛玛”的漆器，还有邮票、纪念章。也许中国人来得多了，有的小贩还会说几句中文，有个中年妇女冲着我们笑容可掬地说“套娃”，还说“人民币也可以”，惹得我发笑。套娃是最有俄罗斯民族特色的工艺品，从大到小一个套一个，我最早是在国内看梁赞诺夫的电影《意大利人在俄罗斯的奇遇》中知道这种工艺品的，后来到了莫斯科，发现在国营商店空空如也的时候，从大到小站得整整齐齐的套娃是“唯一”的商品，最大的有热水瓶般高，最小的只有小指甲盖那么大。这里的套娃有一美元一套的，也有几十美元一套的。

这里除了数不清的小房子，还有大量的露天摊点，它们蔓延数百米，沿着小山向四面八方拐弯，大量的是列宁、斯大林的雕像，还有许多苏联时期的物品，纪念章啦，邮票啦，图书啦，以及军装、军用手表、军用皮带、望远镜、照相机等军用物品。市场中央的山坡上，仍有蜿蜒的油画长龙。没想到，逛了一下午，我们还只看了一部分，旁边还有卖服装的和儿童用品的。

在伊兹玛依洛夫市场，我们买了许多套娃、手绘胸针、琥珀制品，满载而归，不过临走时却上了个当。那时市场已经打烊了，一个正在将货物装箱的30多岁的男子叫住我们，说收摊了，便宜卖。他拿了一个套娃，说七个一套，70卢布，我看画得十分精细和复杂，的确不贵，便买下了。后来那男子又从箱子里拿出一套圣诞老人，我本不想再买了，可想到回国后礼物肯定不够送，而且这套圣诞老人挺有创意的，于是来不及打开细看，又买下了。不料回到家，将五个一套的圣诞老人拆开赏玩时，发现第二个头上竟有两道裂缝，交错成十字，而且用胶水粘过，明显是件废品，肯定不能送人了。

望着笑呵呵的圣诞老人，我沉默无语。这道裂痕，又何尝不是在市场经济大潮冲击下，某些俄罗斯商贩道德上出现的裂痕呢？

俄罗斯人与酒

俄罗斯人与酒，可以写整整一本书。

早在公元988年，莫斯科大公弗拉基米尔就宣称："喝酒是俄罗斯人的一大快事。"过了1 000年后，俄罗斯人仍然乐此不疲。男人们见面多以酒代茶，喝个痛快。他们的酒精消耗量比任何一个欧洲国家都要大，据统计，人均消耗量是英国人的三倍。

俄罗斯最有名的酒是伏特加。它是14世纪一名修道士发明的，用经过过滤的水和纯酒精制成。不管是达官贵人、地主商人，还是平民百姓，甚至是农奴仆役，都离不开这种古老的液体。喝的时候不掺水，最好是冰冻的。"经典"的喝法是：用玻璃杯倒上半杯，一口喝下去，然后吃一口酸黄瓜或咬一口黑面包，据说这有助于酒顺利进肚。当然，下酒菜还有很多，富有的地主、商人常选用香肠、咸鱼、干乳酪，还有"乌克兰民族之最"——一种叫做"萨拉"的腌猪肉；招待贵宾呢，则可用红色或黑色鱼子酱。

伏特加并不是一种酒，而是白酒(烈性酒)的总称，但度数不高，仅40度而已。它还有各种品牌，就像中国的“五粮液”、“竹叶青”、“泸州老窖”等。“首都”牌伏特加味道微甜，“莫斯科”牌伏特加微酸，“小麦”牌伏特加则用经过蒸馏的土豆制成。此外，还有“俄罗斯”、“阿拉斯加”、“拉斯普京”等多种品牌，其中加入柠檬油、胡椒粉、香草等不同的香料。“斯米尔诺夫”牌相当于中国的“茅台”，是伏特加中的极品，一直出口西欧。

还有一种酒叫“萨马贡”(Самогон)，如果你能对俄罗斯人说出这个词，他们定会把你引为知己，哈哈大笑。因为这是自家酿的白酒，虽“不上台面”，但原汁原味，真正的俄罗斯人都喜欢。“萨马贡”原料不怎么讲究，有什么原料就用什么，黑麦、小麦、糖、土豆都可以。嗜酒如命的俄罗斯人开玩笑说，如果没有粮食，他们用牙膏、鞋油，甚至蟑螂粉、彩色胶卷都能酿出“萨马贡”来！

据说，彼得大帝的士兵根据他颁布的法令，每天能得到两大杯酒。彼得大帝还建立了国家对伏特加生产的垄断机制，并用这笔收入负担战争经费。今天，伏特加的税收已超过了所得税的收入。因为仅在莫斯科，一天就能售出100万瓶！而莫斯科的人口总共才900万人。

在契诃夫的小说、剧作里，阿斯特罗夫等都是借酒浇愁的人物；在奥斯特罗夫斯基的戏剧里，也是无酒不成戏；高尔基的剧作《底层》里的“戏子”说：“我把我的灵魂都喝光了。”著名导演梁赞诺夫所拍的《命运的捉弄》是一部非常优秀的电影，一开头就是一群男人在喝酒庆祝新年的到来，结果大家都喝得醉醺醺的，把主人公误送上了去列宁格勒的飞机，后来发生了一连串耐人寻味的巧合和喜剧故事。这一切，都源于酒。

关于俄罗斯人和酒的笑话实在是多得数不清。俄罗斯也有一种类似中国单口相声的喜剧表演，演员在舞台上，用幽默的语言、表情和动作讲一个又一个幽默故事。我曾记下几个。

笑话 A:“您这儿的伏特加新鲜吗?”“不新鲜的伏特加从来不卖的。”“可别这么说。我昨天喝了四瓶伏特加，可在喝第五瓶的时候呕吐了。大概，我喝了不新鲜的。”

笑话 B: 一个年迈的女人第一次尝了啤酒，咕哝道:“奇怪，这味儿让我想起我丈夫喝了一辈子的那种药!”

笑话 C:“我听说，喝了‘戈尔巴乔夫’牌的伏特加后，人都会变得爱说话，不停地谈论改革……这是真的还是假的?”戈尔巴乔夫在位时，经常发表关于改革、新思维、公开性原则等内容的演说，滔滔不绝。这个笑话是讽刺他的长篇大论。

虽然伏特加仅 40 度，但俄罗斯人喝起来不像中国人喝白酒，小口品尝，而是一口半杯或一杯，一饮就是一两瓶，总量很大。有人说，中国人喝酒也很厉害，不是有梁山好汉“大碗喝酒，大块吃肉”吗? 要知道，梁山好汉喝的可不是白酒，而是米酒!据说最易让人喝醉的不是度数很高的白酒，而是 40 度左右的酒，如俄罗斯的伏特加和日本的清酒。由于这种酒入口并不十分浓烈，所以不知不觉就喝了许多，直到酩酊大醉。所以尽管中国以产烈性白酒出名，但世界上酒鬼最多的却是俄罗斯和日本。

在俄罗斯，这种透明液体的热爱者越来越多。深夜在地铁里，经常可以看到喝得烂醉如泥的男人躺在空空荡荡的车厢里，从起点坐到终点，又从终点坐到起点。在俄罗斯还有这样一个特别的机构：醒酒所。警察晚上在街上抓到醉鬼，就将他关到醒酒所里。

政府也意识到这一"全民嗜好"的危害性非常大，从苏联时代至今不断地想办法禁酒。在20世纪80年代，苏联政府的一项秘密报告显示，喝酒已对国家安全构成威胁，于是戈尔巴乔夫颁布了"禁酒令"，并决定大量削减伏特加的生产，希望借此能够迫使国民重返工作岗位。可是，这只是令伏特加的生产转入了地下，"萨马贡"同样受到青睐。当年很多酒鬼破口大骂戈尔巴乔夫。还有这么一个笑话：某个出售伏特加的商店门口排着长队，一个酒鬼排了一会儿，不耐烦地对前面的老太说："都是该死的戈尔巴乔夫，害得我没有酒喝。我去杀了他。"他愤然离去。可是过了一会儿，他却回来了。老太诧异地问："你杀了他?"酒鬼垂头丧气地说："没有，那边排队的人更多。"

进入新世纪后，俄罗斯又展开了一场与啤酒的斗争，因为啤酒"正在成为横扫全国的致命的嗜好"。然而，有人担心，由于普京总统本人就是一个嗜好啤酒的人，这一禁令能否执行下去，他们感到非常为难。

的确，我这次在莫斯科发现，无论是白天还是黑夜，都能看到一群群的青年人手拎啤酒瓶，将啤酒当成了饮料，在公园、大街，边走边喝，边喝边醉。这是因为俄法律中并没有将啤酒列为"酒精饮料"一类，因此它不在法律的禁止范围之内，甚至就连上中学的孩子都可以买啤酒喝。

俄卫生部副部长奥吉申科说，对于正不断提高人们健康水平的国家来说，目前在俄罗斯，啤酒的确已经成为一种令人担忧的嗜好，到了不禁不行的地步。据悉，由于烈性酒伏特加的销售受到了一定的限制，因此，许多人便把眼光盯上了啤酒，特别是青少年饮酒一族。正是在这一情况下，俄卫生部开始向啤酒宣战。据透露，卫生部拟提出的方案中包括降低酒精的含量、禁止出售给未成年人以及划出禁售区等诸多条款。卫生部还希望减少针对青少年的啤酒广告，并且禁止在所有的学校附近出售啤酒。

这一举措尽管合情合理，却遭到了啤酒商们的抗议和不满。他们争辩说，与伏特加相比，俄罗斯啤酒的销量相当少。

不过，俄媒体披露说，普京总统本人也有饮用啤酒的嗜好。因为他在德国工作的几年中，在朋友们的影响下喜欢上了德国啤酒。在欢迎英国首相布莱尔访俄时，普京曾邀请他一起到一个酒吧中，共品俄罗斯啤酒，普京甚至说，他已经离不开啤酒这东西了。看来，对于禁(啤)酒令能否推行下去，现在谁也没有把握。酒，仍是俄罗斯人的“密友”加“至爱”。

听塔尼娅唱《山楂树》

悠扬的手风琴声轻轻响起，一个清脆圆润的童音从遥远的天际飘来：

“歌声轻轻荡漾在黄昏水面上，暮色中的工厂在远处闪着光；列车飞快奔驰，车窗外灯火辉煌，两个青年等我在山楂树下。”

这是苏联歌曲《山楂树》的开头一段。之所以说是“苏联”歌曲而不是俄罗斯歌曲，因为它诞生于20世纪50年代，原名《乌拉尔的山楂树》。它不能算民歌，因为是当时的诗人拉德金和作曲家皮里别科创作的。《山楂树》在中国也流传很广，不少五六十岁以上的中老年人都会哼唱。可是我在俄罗斯留学的五年间却没听人唱过。

1995年我回国后，有一次到莫斯科音乐学院的同学林朝阳家去，他的父亲林振地是上海小荧星艺术团的指挥，送给我一张小荧星的CD唱片，是少女合唱团演唱的世界名曲。在这张唱片里，我第一次听到了《山楂树》，立刻被感动了。这首歌的旋律抒情、优美，略带一点俄罗斯式的忧郁。歌儿唱的是爱情。主人公是一位少女，也是个女工，她向山楂树倾诉心中的烦恼，因为她有两位追求者，而她不知该选择哪一位。这两位追求者分别是镟工和锻工，他们都一样好。而她选择的标准，也很简单，就是谁“最勇敢、最可爱”……

歌曲打动我的，是一种难得的单纯。单纯的少女，她单纯的职业、单纯的追求者、单纯的情感问题……也许，在今天的人看来，她的问题太天真了，如今哪个姑娘还以这样的标准谈恋爱呢？更何况，还有哪首歌，会以工厂的工人为主人公呢？这一切，离我们的年代太遥远了，但这种天真和单纯，却是多么美好啊。尽管我并没有经历过50年代，却非常喜欢这种意境。如今的流行歌曲中90%以上唱的也是爱情，也是女人为情所困，可那多半是“容易受伤的女人”、“为爱疯狂”、“为什么你背着我爱别人”……相比之下，《山楂树》中所描绘的情感实在是清澈得如同一条小溪，朴素得如同绿色的田野，美丽得如同开满白花的山楂树。

去年重返俄罗斯，我意外地又听到了这首《山楂树》，是在女作家伊琳娜·拉克莎家。有意思的是，也是由一位小歌手唱的，名叫塔尼娅·奥斯特里亚金娜，塔尼娅是“塔季扬娜”的小名、昵称，她年仅13岁，就出了个人专辑。塔尼娅用俄语演唱《山楂树》自然原汁原味，她的嗓音是未经刻意雕琢的童声，如百灵鸟般婉转，而朴实无华的手风琴伴奏，更增添了怀旧的情调。那淡淡的忧郁，被她真挚地传达了出来，仿佛让我闻到了泥土的芬芳：“哦，你可爱的山楂树，白花开满枝头；哦，你可爱的山楂树，为何要发愁?”这张 CD 是塔尼娅送给伊琳娜的，上面还有她的签名，伊琳娜看我那么喜欢，就转赠给了我。

也许，我留学的五年，正是苏联解体的动荡岁月，人们渴望变革的到来，对苏联时期的一切充满了逆反心理，文化、艺术也不例外。当时我的同学们听的是普加乔娃的歌，听的是美国的迈克·杰克逊。他们说，《一条小路》是奶奶们唱的。

而今，俄罗斯人又开始怀恋苏联时代。怀念那时有保障的生活，平静但不乏快乐的日子，于是，老歌又开始流行。历史，在巨变中前进，而人的精神生活，却常常会悄然追忆往昔。正如俄罗斯总统普京所说的：“那些不怀念前苏联时代的人是没有良心的，但那些想重新回到前苏联时代的人也是不明智的。”

回国后，我时常听塔尼娅的这张唱片，回味那让人感动的单纯，仿佛又走进了那个我不曾经过的年代。

（本文刊于 2001 年 11 月 29 日《新民晚报》夜光杯）

五月的鲜花

到达莫斯科的时候是十一月，正值隆冬。放眼望去，除了白雪还是白雪。最初的新鲜过后，便期待着冰雪消融后的绿叶和鲜花。

可是，直到四月，地上的积雪仍未化尽，枝头还是光秃秃的，感觉春天遗忘了这一片北国的土地。要知道，在我的家乡，四月早已草长莺飞了。我以前读书的复旦附中校园里，花儿开得更是五彩缤纷。洁白如雪的梨花，垂如珠串的紫藤，迎风摇曳的合欢，爬满墙园、灿若红霞的蔷薇，还有成片的金盏花、三叶草花和蓝色的满天星点缀在青青的草地上……可是，这里呢？

五月慢慢来临了，整个莫斯科仿佛突然苏醒过来，几场春雨过后，枝头噼噼啪啪爆出了嫩芽，转眼间浓浓的绿色染遍了整个城市。

原来在莫斯科五月才是真正的春天，我想。春天这里最浓重的色彩大概要数金黄色了，在春天到过莫斯科的人一定不会忘记那遍地的蒲公英。一朵、两朵蒲公英绝不会引人注意，可我没想到几千朵几万朵黄色的小花儿连成片竟会如此灿烂而耀眼。大概在长久的沉默之后，大地将积蓄了一冬的活力和热情全部释放作一地的金黄。

如果说开遍蒲公英的大地像一幅色彩厚重的油画，那么，在俄罗斯也能找到淡雅的水彩画。宿舍附近有几株苹果树和在俄罗斯小说里常见的稠李树，淋着如丝的春雨往家走时，我常常摘下几枝缀着白花的树枝，带回我的小屋，让淡淡的清香慢慢散开，散开……

五月的莫斯科，如果细细寻找的话，鲜花还是很多的，它们形状多样，气质各异，就像俄罗斯这片土地上的芸芸众生。

郁金香无疑是高傲的。它们成片地开放在红场边上的亚历山大花园里，沐浴着五月的阳光，仪态万方。5 月 9 日胜利节，在高尔基文化公园门口，我见到了聚会的卫国战争老战士，手里几乎都握着别人献赠的郁金香，一色的鲜红，那丝绒般的花瓣映衬着老战士脸上的皱纹愈发如刀刻一般鲜明。但是花与人有一点是共同的：他们都无比高贵。

俄罗斯的水仙是长在泥里的，比中国水仙要大好多，但没有香味，也盛开在五月。记得有一次去集体农庄，一位年轻的女农艺师接待了我们，她衣着朴素，脸上不施粉黛，言语中流露出对自己管理的暖棚的热爱。临走时，她将围墙外种着的水仙采了一大把送给我。望着这没有叶子、淡黄花瓣的花儿，我忽然觉得女农艺师正如这种朴素的、没有香味、喜爱泥土的水仙。

丁香好比十五六岁的俄罗斯少女，穿着深紫、淡紫、雪白的衣裙，将头悄悄垂下，朴素的姿态掩不住她那袭人的芬芳。芍药好比俄罗斯农妇。那天在基辅站，几个急着上火车的花农将一大捆芍药卖给我，只收了两千卢布，要是在平时，这点钱只能买三四枝。抱着它们，我第一次感到花也有重量。芍药那粉红的笑脸，旺盛的生命力和甜甜的香气，恰似那几个卖花的农妇。回到家后将几十枝芍药分送给朋友，觉得我将春天和美丽也一起送给了朋友……

当然，春天的莫斯科还有玫瑰，还有石竹，还有吊钟，还有雏菊。

22 岁生日那天我收到了 11 枝华丽的红玫瑰，似乎象征着短暂的生命中的辉煌。而令人惊奇的是，今年的生日好朋友克谢尼娅送我的一大束粉红色的雏菊，在瓶中过了两个星期仍娇艳如初……

每一种花都有一段故事。面对如此烂漫的五月的鲜花，我不再怀念故乡的花园。罗丹说过，美是到处都有的，对于我们的眼睛，不是缺少美，而是缺少发现。

而我发现了，发现了一种花，在中国我没有见过，却在少年的诗中写过它。

这种花就是——铃兰。铃兰，多么美丽的名字，多么诗意的名字。而它的形状，正如一个个洁白无瑕的小铃铛，从下往上连成一串，衬着碧绿的兰花的叶子，让你感觉到，这个名字再贴切不过了。铃兰很小，许多枝花和几片叶子扎成小小的一把，但它却散发出一种无与伦比的芬芳，仿佛天国花园中的天使的微笑被这小小的白色精灵掠来了，让人心醉神迷。

每年春天，当我见到第一束铃兰的时候，我的心中就会涌起一阵激动。

真正的春天到了。我会毫不犹豫地将那束铃兰买下，插在瓶中，看它那娇小洁白的花朵，呼吸它那脱俗的幽香。可是铃兰在花瓶里活不长，第二天它的花瓣上就会出现黄斑，随后慢慢枯萎。许多最美丽的东西，魅力往往存在于瞬间。望着铃兰，能让人想到很多，想到美丽的俄罗斯少女，想到俄罗斯短暂的春天，想到那部著名的电视剧《春天的十七个瞬间》……

叁　东瀛细节

穿着和服游京都

“想从清水寺鸟瞰京城的暮景，想看看日落时的西山天色。”日本著名作家川端康成在小说《古都》中描绘的有着 1 000 多年历史的京都风貌，令人神往。现在我终于来到了京都，更没想到的是，自己竟以一种特别的方式融入了这座千年古都之中。

到了闻名遐迩的清水寺附近，陪同的日本 JTB 旅行社的朋友没有直接带我们前去参观，而是先拐进了一条极小的胡同，里面有一家“织物店”。“请你们每人挑一件和服穿上，然后穿着它游京都。”朋友道。

这真是一大惊喜！京都历史上以纺织业著称，出产的和服、腰带非常精美，这我在国内早有所闻。走进店里，只见架子上挂满了各种面料、颜色、图案的和服，足有两三百件，专供租借，牌子上写着“浴衣”的字样。原来，夏季和服日语叫“浴衣”，是和服中最薄的一种。

我千挑万选，最后挑了一件蓝紫底色的，上面开满了大朵粉红和淡蓝的花，层次感丰富。接着，服务小姐又带我来到腰带柜子前，让我挑腰带，我选了一条正面、里子分别为淡红色和银白色的腰带。这还没完，服务小姐又拿出一堆纱质的带子（带扬）和好多细细的丝带（带缔），要各选一条。哇，原来和服的配饰这么多啊。

选完和服和配饰，便来到二楼，那里有专门的服务人员帮助着装。穿着的程序极其复杂：先穿上一件白色麻纱的长衣，这是衬在和服里面的；然后在腰上缠上一块毛巾；再用两条细绳在胸下和腰部扎紧；扎上内衬腰带和硬硬的带板；最后才扎上自己挑选的纱质带扬和华丽的腰带，并且将有小挂饰的带蒂结在前面。着装小姐手法熟练，不时将和服这儿折一下那儿叠一层，繁复无比。有意思是，腰带在背后并没有做成一个“小包”，而是打了一个蝴蝶结，十分典雅。

这么一样样穿下来，总共花了 20 来分钟。穿好和服后，我又来到另一间房间做头发。卷发、盘发、定型，大约 15 分钟后，头发盘得溜光水滑，再选一个蓝色的发饰戴上。往镜中一瞧，俨然“变身”为一个温文尔雅的日本女子。

同去的女伴也都穿好了和服，花团锦簇的，很有味道。毕竟都是东方人，头发一盘，木屐一穿，手挽日式小包，迈开小碎步，个个都成了笑不露齿的日本古典美人。当天气温超过 30 摄氏度，尽管和服是长袖的，腰间还一层层紧紧包裹着，但我并不觉得热，可能是面料比较透气的缘故。

漫步清水寺前的小街，日本朋友又推荐我们乘人力车，可以体验一下从前的京都人的生活。我们便上了一辆供游客乘坐观光的人力车。这种人力车比我们在老电影中看到的要高，轮子特别大，长长的黑色拉杆，还有遮阳篷。这不就是上海过去的黄包车吗？据说上海的黄包车就是从日本“引进”的，当时叫“洋车”。

拉车的小伙子一身短打，十分精干，服务卡上的名字是山本贵之。山本告诉我，他干这一行已经十年了，一年中除了冬季最冷的一个月，其他时候游客都不少，以日本本国游客居多。山本说，这辆人力车是他所在的公司定制的，很贵，要170万日元一辆。“哈，赶上一辆轿车的价格了！”我说。

一路上，山本拉着我们在京都的小巷里转悠，时而快步拉，时而转过身来慢慢倒退着走，还不时介绍这里出名的建筑、寺庙，如八坂神社，其“祇园节”花车游行是当地一大盛会。还有一座欧式风格的洋房，原来是日本最大的烟草商的私邸，现为法国餐厅。京都完好地保留了原来的历史风貌，街道呈棋盘状。由于我们地处东山，路都有坡度，斜斜的小巷两边，映入眼帘的是一幢幢古朴的民居和挂着日式灯笼的小店。一个转弯，就是另一番景象，狭窄的巷子里偶尔还能见到艺伎经过，宛如日本电影里的镜头。

半个多小时后，山本把我们送回了上车处，我们向他鞠躬致谢。

随后，我们踏着石阶，走进建在悬崖边的清水寺，欣赏了这一世界文化遗产的精妙。这座寺庙完全是木结构的，在建造时没用一颗钉子。站在清水寺舞台式的大殿前，回望弯弯曲曲的街道，别有一番感觉。直到傍晚，我们才回到前面的“织物店”，将和服归还。

和服租借收费分为2 100日元、3 150日元和4 200日元三种价位，合人民币170～300多元，包括着装服务。乘坐人力车半小时4 000日元/人，合人民币330元。和服的租借时间不限，只要在当晚8点前归还即可。

穿着和服，走在京都古老的街道上，特别相配。一路上还有欧美游客要跟我们合影。由于和服，我们也成了旅途中的一道风景。

（本文刊于2011年9月6日《新民晚报》旅游周刊）

日本高中生在这里追逐荣耀和梦想

“甲子园正在等着我们!”对从小看日本动漫长大的中国 80 后、90 后来说,甲子园是一个耳熟能详的地方。由安达充创作的《棒球英豪》最脍炙人口,讲述了双胞胎兄弟达也、和也和邻家女孩小南为实现人生理想而奋斗的故事。弟弟是棒球队主力,在一次意外事故中为救人而付出了生命,哥哥继承弟弟的遗志,带领球队一路拼搏,终于和小南一起来到了梦想中的甲子园。

甲子园棒球场,堪称日本青少年心中的一片圣地。

甲子园位于兵库县,离神户和大阪都不远。我前去参观这一充满独特魅力的体育场时,正值日本高中棒球联赛全国决赛期间,我还在甲子园看了一场 1/4 决赛。

挂满常春藤的围墙,青绿平整的球场;可以容纳 5 万人的看台人头攒动,整齐而专业的啦啦队激情四射……这就是甲子园。

棒球是日本最有影响、最受欢迎的球类运动,堪称日本国球。日本每所中学都有棒球队,青少年练习棒球历史悠久。1915 年,朝日新闻社和日本高中棒球联盟主办了第一届日本高中棒球联赛，1924年，位于兵库县的这个大运动场建成，这一年为甲子年，此后每一届棒球联赛决赛都在这里举行，“甲子园棒球场”因此得名。

陪同我参观的翻译高山俊美女士介绍说，如今，每一届联赛日本全国共有4 235支高中棒球队参加，按照行政区域分为49个区（1都、1道、2府、43县，其中东京都和北海道各分二区），先进行每个区预赛，得到地区冠军的一支球队，才能参加全国49个队的决赛。4 235支棒球队竞争49张甲子园的入场券，比赛的激烈程度可想而知。因此所有高中棒球队都以能进甲子园为最高目标，哪怕在甲子园战败也是一种荣耀。而失败的球队在离开时都会带走甲子园的一捧土。

由于比赛精彩，夏季甲子园高中联赛也成为日本全民关注的体育社会活动，对于许多人来说，这是一个盛夏的节日。2002年的夏季联赛开幕，当时的日本首相小泉纯一郎还来到这里参加了开球仪式。

我看的这场比赛，对阵双方是东京的日大三高中和千叶的习志野高中。无论是预赛，还是决赛，联赛都采取单循环制，即输一场球便遭淘汰。因此，进入甲子园的每一支球队，都身经百战，且未输一场。日大三和习志野这两支球队都已打进了八强，堪称高手对决。

绿茵场上圈出一方褐色的泥地，并划上白线，这是内场，之外的绿色扇形场地为外场。双方队员各9人，都身穿白色球衣。棒球堪称规则最复杂的球类运动。投手发球、捕手接球、击球员击球、跑垒……我是第一次在现场看棒球，虽然不是看得很明白，但也被现场热烈的气氛所感染。球员有力的动作和潇洒的姿态，更体现出一种力与美的结合。

球场两边分别有两支啦啦队。啦啦队由女生组成，身着统一的漂亮服装，手持鲜艳的气球或花球，充满青春活力，旁边还有铜管乐队和鼓乐队。两支球队交替进攻、防守，每当轮到本队进攻时，鼓声阵阵，乐队奏响本球队的音乐，啦啦队员们跳起节奏分明的舞蹈，为球员鼓劲。观众席座无虚席，以青少年居多，也有很多举家前来的，尽管天气很热，但他们热情更高，全身心投入扣人心弦的比赛之中。

比赛共 9 局，要打 3 个小时左右。由于行程的关系，我没有看完全场比赛。之后获悉，是东京日大三高中获胜。而就在几天后，所向披靡的日大三高中还冲入了最后的决赛，最终赢得了冠军！

甲子园棒球场还设有一个历史陈列馆。里面有很多值得一看的东西，如进门处一面墙上整齐地排满了无数只白色棒球，原来，总共 4 235 只球代表所有 4 235 支参赛棒球队。馆内陈列从 1915 年第一届联赛一直用 1957 年的优胜旗；著名选手穿过的球衣、球鞋，用过的手套。馆内还有一只特殊的棒球，它曾随日本宇航员若田光一上过宇宙空间站。2001 年夏季联赛时，若田光一也来参加了开球仪式，在投手的位置上亲手将到这只棒球投出。此外，馆内还展出了《棒球英豪》、《女棒甲子园》等有名的动漫作品手稿。

由于普及程度高，练习的人数多，日本高中生的棒球水平很高，不少职业棒球明星就是在甲子园有出色表现而被球队相中的。如现在效力美国职棒大联盟波士顿红袜队的松坂大辅，当年在甲子园就被誉为“日本最强的高中生投手”。他的照片和球衣如今也在历史陈列馆中。

走出甲子园，我不由得感慨：一项高中生的体育比赛，延续长达百年，辐射面如此之广，影响如此之大，反映出日本对校园体育运动的重视。锻炼身体、磨炼意志、培养终身受益的运动习惯、培育团队意识和集体荣誉感……校园体育其实意义非凡。相比之下，我国就没有这样的体育运动，能吸引全国的中学生参加。其实，中国的孩子们何尝不愿离开题海，到球场上释放青春呢？

（本文刊于2011年9月16日《新民晚报》新民环球周刊）

集竞技、娱乐与博彩于一体的日本赛艇场

——日本大阪住之江竞艇场见闻

说起赛艇，人们都知道是一种精彩刺激的水上运动。不过，大阪却有一座赛艇场，是用于博彩的。2011 年 8 月中旬，我在日本关西地区旅行时，大阪府府民文化部推荐我访问住之江竞艇场，让我首次见识了这种日本独有的博彩业。

赛艇场 25%收入用于社会事业

这座赛艇场位于大阪住之江区，故名“住之江竞艇场”，始建于 1952 年，当时在日本首次举办摩托艇竞赛。住之江竞艇场是一个公营博彩场所，即由政府开办，其收入的 75%用于奖金发放，25%用于教育、福利等社会事业。

赛艇场主体建筑十分高大，楼下面对比赛水域的是露天看台，对面有一块大屏幕，看台上坐了数百名观众，而楼上则是各种室内看台。来到一间室内看台，只见一整面墙都是玻璃，一池碧水映着蓝天白云，十分赏心悦目。靠玻璃墙是一排

桌子，一人一台电脑，位子舒适，可以“零距离”看到赛艇选手的动作。我忽然想到，楼下好比证券公司的“散户”，楼上则是“大户室”。来这里玩的基本上都是男人，且以中老年人居多。他们熟练地在投注券上填写所预测的号码，然后到自动投注机上投注。

工作人员给我们讲解了比赛和投注的规则。每一场都有6条摩托艇参赛，编号从1号至6号。比赛线路为椭圆形，600米一周，摩托艇要在线内绕3圈，按照到达时间决定胜负。有意思的是赛艇独特的开始方式，与通常的体育比赛“预备—开始”不同，赛艇是以在规定时间内通过起跑线的抢跑方式进行。抢跑受到距离、风向和波浪的影响，难以保证在起跑线并排一列，考验选手的实力，也让比赛变得更为扣人心弦。

赛艇场的入场门票价格为100日元(合人民币8元)，很便宜，不过位子在室外看台，要进入楼上的“大户室”，门票则需2 000日元，而“贵宾室”的年费高达10万日元。投注金额最低100日元，几百、几千、几万日元都可，最高一次可投50万日元。投注的方式很多，赔率各不相同，从1∶15到1∶120不等。除了到现场投注外，人们也可以通过电话、网络投注。

赛艇有如跑马，竞技性和娱乐性更强

据大阪府都市竞艇联合会的石桥功一先生介绍，赛艇手的成绩与当天的天气、风力有关，也与摩托艇的状况和选手当天自身状态有关，因此充满了不确定性。在正式比赛之前，选

手们会先试跑热身，让投注者了解情况，作出判断。看来，赛艇博彩有点像跑马，只不过由选手驾驶赛艇，竞技性和娱乐性更强。

一场比赛即将开始。1 号至 6 号赛艇停靠在左侧码头，分别为白、黑、红、蓝、黄、绿六种颜色，六位戴着头盔的赛艇手整装待发。

得到“出发”信号后，六条赛艇开始抢跑。赛艇同时离开左侧码头，驶到中线偏右处后，又向左回旋，选手们争抢对自己有利的航道，再放慢速度，抢跑到右侧的起点线。六条赛艇都必须在倒计时钟显示“1 秒”时到达 L 线和 F 线之间的起点区域，太早或太晚都算犯规，因此非常考验选手的功力。

当大钟显示为“0 秒”的一刹那，六条艇正式起跑。赛艇手们纷纷加大油门，开足马力向前飞驶。在隆隆的马达声中，小艇你追我赶，在碧水上划出一条条长长的白线，煞是好看。听说比赛时摩托艇时速可达 80 公里。转弯最能看出选手的技巧，摩托艇灵巧地 180 度转身，体现出速度与力量的完美结合。看，原本落后的 3 号赛艇，在第三圈转弯时一下子赶超了上来。

只听得人群中一阵欢呼，3 号赛艇率先冲过终点线，2 号、5 号紧随其后。我看了一下时间，算上抢跑的时间，一场比赛不过三四分钟。“我赢了！”我身边一个中年男子当场叫了起来。楼下的大屏幕和楼上电脑的屏幕很快同时公布出本场比赛优胜者，同时出现了一大串数字，大概是各个等级的中奖人数。那位中年人高兴地拿着投注券到自动投注机上兑奖，机器当场将他赢得的奖金吐了出来。

这个赛艇场可以同时容纳2万人，现在每天进入的有7 000人。每天举行12场比赛。4月至11月举办夜赛，开放时间从下午2点到晚上10点；12月至次年3月举办日赛，时间从上午10点到下午5点。

一座赛艇场年收入500亿日元

在工作人员的带领下，我还参观了一旁的加油、维修站。摩托艇很小，只能容纳选手一人。艇上写有“西村”、“太田”等字样，表明摩托艇是选手自己的。刚结束比赛的选手们在给自己的赛艇作维护保养，好几个在一丝不苟地调整螺旋桨。

要成为一名赛艇选手并不容易，有了一般基础后，得到九州的一所赛艇运动学校进行封闭式学习、训练一年。这所学校十分严格，只有80%的学员能毕业。我发现，赛艇选手个子都十分瘦小。原来，比赛对选手的体重有严格控制，男选手不超过50公斤，女选手不超过47公斤。还有一个原因是一条赛艇重76公斤，是木制的，要掌握平衡很不容易，选手体重越轻越占优势。在刚才的那场比赛中，就有两名女赛艇手。

而我在另一场比赛中当场看到，一名赛艇手在行驶中没有把握好平衡，在急速转弯时从艇上掉入了水中。这时，一艘闪着警示灯的救生艇立即从码头驶出，飞速赶到他的落水处，将他救起，将赛艇开走。由于水域宽大，这一意外并没有影响其他选手继续比赛。

石桥功一说介绍，住之江竞艇场每年开放180天，年收入500亿日元，合40多亿人民币。日本共有24座博彩赛艇场，住之江是其中收入最高的一座。每年12月，这里都要举行一场最重要的大奖赛。赛期共6天，获得冠军的选手可获得奖金1亿日元。由于参赛的都是最优秀的选手，比赛特别精彩，所以这期间来赌一把的人特别多，竞艇场仅6天的收入就可达180亿日元。

有马温泉漫步

有人说，不泡温泉，就没有到过日本。日本的温泉是非常有名的。频繁的地壳运动造就了日本列岛星罗棋布的温泉。各地几乎都有有名的温泉，如富士山脚下的温泉之乡箱根、北海道冰天雪地的“露天风吕”……我有幸应邀体验了日本关西兵库县古老的有马温泉。

据统计，日本从北到南约有 2 600 多座温泉，有 7.5 万家温泉旅馆。日本的温泉不仅数量多、种类多，而且质量很高。每年日本约有 1.1 亿人次使用温泉，相当于日本的总人口数。因而，日本有“温泉王国”的美称。对日本人来说，泡温泉不仅是一种享受，已成为民族文化的一部分。

有马小城三面环山，位于神户的北部，离大阪也只有一小时车程。有马温泉是日本三大古泉之一(另两座为道后、白滨)，以独特的“金泉”和“银泉”闻名。史书记载，公元 7 世纪时舒明天皇和孝德天皇就来过这里。日本 16 世纪的太阁丰臣秀吉也经常来这里泡汤疗养，还开办茶会。在江户时代，人们用“有马千轩”来形容其繁华。

我们来到山上找到泉眼，只见一股红褐色泉水沸腾着往外冒出，团团白雾不断氤氲上升。这就是金泉，因为泉水里富含铁质和盐分，铁与空气接触后发生氧化，所以变成铁锈红色。金泉对筋骨关节疼痛、皮肤疾病、慢性湿疹都有疗效。这股泉水是从地底下 200 米深处涌出的，温度高达 90 度呢。

随后，我们来到有马最大的温泉酒店格兰特大酒店泡温泉浴。在淋浴区洗净身体后，就可进入温泉区。温泉区有多个池，红褐色的无疑是金泉。我一脚踏进温泉池，感到水有点烫，原来水温是 42 度。日本朋友提醒我们，进入温泉时要先往身上撩水，等身体渐渐适应后，再慢慢泡下去。而且开始只能泡半身，然后再泡全身。金泉有淡淡的铁锈味，水滑滑的，触感丰厚，浸在其中，说不出的舒适滋润，似乎全身血脉都通了。

泡了一会儿金泉，再试试旁边的银泉。银泉无色透明，其实分为碳酸矿泉和镭射泉（放射）两种。碳酸泉里融解了大量二氧化碳，触感爽滑，据说对高血压、动脉循环障碍、心脏疾病等有功效。最神奇的莫过于镭射泉，里面含有放射元素，听说能改善风湿病，缓解更年期障碍，有“返老还童泉”之美誉。

这里还有“露天风吕”，即建在开阔露台上的温泉池。浸在热乎乎的池中，清风拂面，一眼望出去，是郁郁葱葱的六甲山，身心为之一爽。

有马还有一座有名的温泉旅店是太阁之汤。旅店名来自太阁丰臣秀吉，其建筑古色古香，除了金汤和银汤外，还有各种矿石浴和盐浴，都具有不同的保健作用。

泡完汤，我们又品尝了一顿丰盛的日本料理，然后到有马的街上闲逛。有马的街市布局保留了几百年前的样子，完全没有现代色彩。依山而建的小街只能容两三人并排而行，两旁都是年岁久远的日式房子，均为木结构，古朴而精致。沿街的小店很多卖特色食品、纪念品，如以碳酸泉为原料制成的碳酸饼，香脆可口。还有一种“有马笔”，提起毛笔时笔杆顶部突然跳出一个小人，而倒拿时小人却消失了。

我们来到河边，只听晚风中传来了一阵高亢的歌声，是威尔第的《饮酒歌》。原来，小城正在举办纳凉晚会，居民们自发搬来椅子，自己表演节目，点起日式灯笼，度过一个韵味无穷的夏夜。

坐“电车”游关西

2011年8月，我应邀前往日本大阪、京都和兵库县考察。这几处都在关西地区，离发生地震海啸的东部距离较远，影响不大。出发之前，收到日方发来的行程表，安排十分细致。我只有一点不解：从大阪到京都、兵库的交通工具标着“电车”的字样，日本虽小，大阪和京都毕竟也是两个城市，拖着“小辫子”的电车如何到得，这路上又该花多少时间呢？

到达大阪后，我们入住市中心梅田地区的酒店。次日前往京都，早上9时出门，步行5分钟就到达了车站。车站在地下，入口处有自动售票机和一大排闸机，把磁卡塞进闸机便进车站。站台的电子显示屏上，显示列车的班次、时间和终点站。几分钟后，列车进站。我恍然大悟：原来“电车”就是电气火车啊！

这是日本的城际铁路。乘客像乘坐地铁一样从不同车厢依次上车，车厢不挤，高背座椅是深绿色绒面的，干净舒适。城际铁路也分快慢车，十来分钟一站，每站停不到1分钟。两旁的房子紧挨着铁路，似乎触手可及。开行一个小时不到，即到达京都附近的岚山。晚上从京都返回大阪，以及之后前往兵库县，我们也都是乘坐“电车”。

在大阪期间，我也乘了几次地铁，车厢要挤一些。我还看到了“女性专用车厢”，这是为保护女乘客免遭“咸猪手”而特设的。我发现，日本的城际列车和地铁的界限非常模糊，换乘方便，好像都叫“电车”。

陪同参观的阪急电铁株式会社的岩田真一先生告诉我，日本因为土地少，所以很早就重视发展大容量的轨道交通（铁路、地铁、轻轨），而现在都以电为动力，故都称“电车”，不过新干线除外，尽管它也是电气化高速列车。

打开关西地区交通图，几十条铁路线、地铁线纵横交错，联成一张密密的蜘蛛网。这些线路由不同公司经营，许多公司历史悠久，如阪急铁路已有100年的历史。城际铁路四通八达，车站也很密集，且和轨交联网，许多在东京、大阪工作的日本人因为房价太高，便住在附近的小城市，每天乘坐“电车”上下班，方便准时，每天出行甚至可以精确到“分”。

在关西期间，我们乘城际铁路和地铁用的是同一张磁卡通票，薄薄的，和上海的地铁票差不多。这是新推出的“关西悠游卡”，凭这张卡可以在2日内或3日内在关西的二府四县旅行，可乘坐40家公司的城际铁路（国铁除外）、地铁和巴士，次数不限。2日票3 800日元，3日票5 000日元，分别合人民币300元和410元。这是比较合算的，如果在大阪分别购票往返京都、神户、奈良等地的话，费用要高得多。这种“关西悠游卡”，自助游客在关西机场就可以购买到。

在日本看到了各种在轨道上行驶的“电车”，但却唯独不见上海的“小辫子”无轨电车。日本朋友说，原来无轨电车也是重要的交通工具，20世纪60年代以后，无轨电车渐渐在大城市消失了，现在只有在立山黑部风景区还保留着。

（本文刊于2011年9月29日《新民晚报》夜光杯）

东大寺的特别景观

第二次到日本，虽然不是樱花烂漫的季节，但恰逢红叶正浓的深秋，别有一种悠远闲适的意境。这一路探访了古都奈良、大港神户、滋贺县的比睿山、“日本的母亲湖”琵琶湖、位于九州的熊本大学，堪称一次精彩的东瀛文化之旅。

奈良是日本最古老的京城，集中了许多历史文化遗迹，整座古城 1998 年被列入世界文化遗产名录。来到这里，恍若“穿越”到 1 300 年前的长安。众多的寺庙、林立的佛塔、古老的建筑，无不有一种似曾相识的感觉。奈良县观光厅有关人士介绍说，从 6 世纪到 8 世纪，以佛教为代表的众多文化和技术从大唐传入了当时作为日本首都的奈良。公元 710 年，日本迁都奈良，以唐朝的长安城为原型，建造自己的都城(平城京)，752 年，东大寺大佛开光，754 年，中国唐代高僧鉴真和尚到达日本传播佛教文化。而奈良的这些庙宇、建筑，都被完好地保存了下来，在 1 000 多年后的今天，让人仿佛能够触摸到历史的沧桑。

这些寺庙中，与中国最有渊源的要数唐招提寺。唐招提寺是由鉴真和尚亲手兴建的，是日本佛教律宗的总寺院。史载，唐代高僧鉴真第六次东渡日本后，于公元 759 年开始建造，约于 770 年竣工。寺内有一座御影堂，鉴真大师的坐像就供奉于此。这尊塑像是 763 年鉴真大师圆寂后，他的赴日弟子忍基制作的，被尊为日本的国宝。

唐招提寺的主殿金堂仅一层高，造型古朴、典雅，色调暗沉，正面均匀分布着几根棕色的立柱，使整座建筑有一种沉稳、对称而均衡的美。在此后一年的夏天，我来到甘肃张掖，参观了当地最著名的大佛寺。当两层高的主殿映入眼帘时，我吃了一惊：无论是整体造型的端庄、色调的沉稳，还是屋顶、屋檐、立柱等的结构、布局，和在奈良见到的唐招提寺太相似了！难道奈良寺庙的源头在这里？但查了资料才知，张掖大佛寺的建造时间为 1098 年，为西夏时期，比唐招提寺晚 300 多年。而当代著名建筑学家梁思成先生，曾对唐招提寺金堂与中国唐代建筑的关系做过专门的论述。可以推测，这样的建筑风格在数百年的时间里，在中日两国一直被奉为经典。

奈良另一座著名的寺庙是东大寺。东大寺以一尊高达 15 米的巨大铜佛闻名于世。大佛重 300 吨，名为“卢舍那佛”，人称“奈良大佛”，是世界上第二大的铜佛。安置大佛的大佛殿宽 57 米、深 50 米，全部由木材建造，如此复杂的庞然大物，在 1 200 多年前建造成功是非常了不起的，它也是世界上最大的木造建筑物。

比起唐招提寺的清幽，东大寺显得热闹得多，这是因为东大寺位于奈良公园内的缘故。一进公园，就有许多可爱的鹿儿朝你跑来，因此奈良公园又被称作鹿公园。在这片 8 平方公里的区域内，有着大片美丽的草坪，共有 2 000 头鹿在这里自由自在地生活。在日本，鹿被看作是神的使者，因此格外受到保护。奈良公园内的鹿成群结队，丝毫不怕人，而且还喜欢缠着人讨吃的。这里专门出售一种喂鹿的薄饼，很多游客买了喂给鹿吃。环绕着开阔草坪，映着澄澈的蓝天，巍峨的东大寺更显得气度不凡。

东大寺还有一道特别的风景，就是一群群的日本高中生。他们穿着一色的藏青色学生服，女孩都穿裙子，上衣都有滚着白条的海军领，雪白的及膝袜，十分整齐而精神。在公园里，学生们和鹿儿玩耍，奔来跑去，开心地大笑，十分活泼。而在各个参观点，无论是入口还是大殿，他们都整齐地排队参观，认真地听着讲解，不闻喧闹声。

在大殿内，我和一位带队老师聊了起来。原来，他们是山行县天潼市的高中生，这次是来关西地区修学旅行的，一共四天三晚，住在京都，将参观京都、奈良等地的名胜古迹。旅行不仅开阔学生的眼界，还可以培养学生的团队精神、遵守秩序，并在旅行中印证学校里学到的知识。回去后，每人要写一篇 1 200 字的感想或小论文。

到著名的世界遗产所在地来感受本国的千年文化，而且并不是走马观花，这样的修学旅行很有意义。如今，中国的学校也时兴外出旅行，不过很多都是推广昂贵的欧、美、澳洲游学，动辄几万元，说是有助于学外语，其实并没什么好处，甚至有的学生只顾着照相、购物。相反，国内的北京、西安、洛阳等古都，堪称最好的可以触摸中国历史文化的课堂，有没有老师带着学生去游历一番呢？

而日本对待古迹的态度，也值得我们学习。同样以张掖的大佛寺来比较，里面的泥塑卧佛长 34.5 米、肩宽 7 米，大佛一根中指上就可以平躺一人。这尊大佛不仅为国内最大的卧佛，也是世界之最，完全可以申报世界文化遗产，但知名度很低。我们国家的许多古迹、历史建筑，都没有充分保护、维护，宣传也不够，实在是有些遗憾的。

用心保护历史遗迹，是为了更好地了解历史，进而传承和发扬本民族的文化。奈良之行给了我不小的启示：正处于高速发展期、急着与世界接轨的我们，是不是也应该静下心来，认认真真地善待本国的文化遗产，同时让孩子们更多地走近民族文化之根，构建自己的精神家园？

开往九州的夜航船

——日本九州游记之一

寒意渐浓，最近去日本度假，朋友推荐去九州泡温泉。九州位于日本列岛的南部，以森林、原野和火山等自然风光闻名。

我走的是大阪—九州一线，从上海飞到大阪后，先玩两天，再去九州。从大阪到九州乘的是夜航船，夕发朝至，12 小时的行程，收获了一番难得的体验。

晚上 7 时半，我在大阪南港登上了开往北九州新门司港的船。这是名门大洋公司的大型客轮“福冈 2 号”，共有七层。让我惊讶的是，许多日本人举家驾车过来，将车直接开上船，然后入住客舱。船的第五、六、七层为客舱，可以容纳 800 多名乘客，下面几层都是停车场，可以容纳 100 多辆轿车。有一个开车上船的日本家庭，父母带着两个孩子。他们告诉我，也可以乘新干线去九州，两个多小时到，但一个人火车票就要 1.2 万日元；坐船的话，一辆小型车收费 1.4 万日元，含一个人的船票，算下来还是坐船便宜。而且九州地域较大，去温泉旅馆自己驾车更方便。小孩子到了船上更是蹦蹦跳跳，兴奋不已。

五层是客舱入口，有很大的公共活动空间。入口大厅是挑空的，一圈圈沙发座十分温馨，不少乘客捧着咖啡闲适地聊天。往里走，是可容纳近百人同时用餐的“海景餐厅”。上到六层，是一条观景长廊，有五六十米长，正对宽大舷窗的是一张张圆弧形的长沙发，后面还有一排座椅，角落里还有几把按摩椅，在这里看海景、休息，也很舒服。

客轮沿濑户内海航行，风平浪静，非常平稳。轮船公司的工作人员山本哲也告诉我，一路上，将通过三座大桥——明石海峡大桥、濑户大桥和来岛海峡大桥。这三座都是跨海大桥。如果乘坐下午4:50分出发的那班船，就可以在深夜12点前看到全部三座大桥。而乘坐晚上这班船，午夜之前只能看到明石海峡大桥，这座桥长3 900多米，是目前世界上最长的悬索桥，还有“珍珠桥”的美名。

夜晚9点，我来到七层的甲板上，甲板上已有不少乘客。海风吹来，让人精神一爽。海上的星星特别璀璨，在星空下，一条闪亮的彩链在远处若隐若现，这就是明石海峡大桥。船缓缓前行，近了，近了，大桥越来越清晰了。只见纤长的桥身上，两座高高的桥墩支起了三挂悬索，悬索垂下优美的弧线，不停地变幻着蓝、绿、黄、橙等色彩，恰似三串七彩珍珠。9点10分，轮船穿过大桥，珠链飘在我们头顶，那一颗颗灿烂的珠子，仿佛触手可及！乘客纷纷举起相机，摄下这一绝美的景色。

次日一早睁开眼睛，发现错过了海上日出，不过我还是来到甲板上，在海上晨曦中留了个影，然后下楼去吃早餐。自助早餐十分丰富，有西式面包、色拉、香肠、牛奶，也有日式酱汤、米饭、生鸡蛋。

“福冈2号”并非豪华游轮，堪称平民客轮，但也设施完善、干净舒适。客舱分豪华舱、一等舱、商务舱、二等舱、经济舱等几种，床铺有西式的，也有和式榻榻米的。最低经济舱票价仅6 000日元，不到500元人民币。现在也有不少旅行者选择坐船去九州，可以节省一晚的酒店住宿费用。船上还有“展望浴室”，即公共浴池，乘客可以边泡澡边看海上风光，可惜没有时间尝试。

（本文刊于2012年1月10日《新民晚报》旅游周刊）

山鹿清流庄的传奇“女将”

——日本九州游记之二

山鹿是九州中部的一座小城，依山傍水，街上大都是两层楼的房子，完好保留了过去的模样。山鹿也以温泉出名。在日本朋友、九州观光旅馆联络合会负责人松濑裕二先生的推荐下，我们入住一家名为清流庄的温泉旅馆。

旅馆四层楼高，米黄色的外墙简洁大气，现代风格中巧妙融入了日本传统建筑的元素，门前是精心修剪的松树。旅馆中间是走廊，两座类似“角亭”的小楼分列两旁，分别题着“鹿门亭”和“水镜庵”的字样，好一派古风雅韵！

到得门前，一位身着淡绿色间紫花和服、梳着高高的日式发髻的老太在门口迎客。尽管岁月已在她脸上留下了印痕，不过她依然妆容精致，气质端庄，她面带浅浅的微笑，礼貌地低头鞠躬，仿佛是从《浮世绘》中走下来的。我看不出老太的年纪，想来总有 60 多岁吧。我们来到大堂休息，只见一个人慢慢地将一辆装满行李的木制小车推上来，竟是那位“浮世绘老太”！这么大年纪还推行李，我们连忙让她放下，但她摆摆手，仿佛是理所当然的。然后，她请我们在桌边坐下，轻声细语地用英语问我们喝什么茶，又迈着碎步给我们端来了茶。

这家温泉旅馆高档而不奢华，处处充满日本古典情调，如彩绘的纸伞、日式插花、陶艺作品，房间里还悬挂着书法作品，哪怕是地上的一盏小灯也别具匠心。房间很宽敞，进门是和式榻榻米，里面是西式的床，阳台上还砌着一个温泉池，泉水冒着氤氲的热气，从出水口不停地咕嘟咕嘟往外流。而在房间的茶几上，我看到了一张纸条，内容大致是“欢迎入住旅馆，我们将竭诚为您服务”，落款是“清流庄女将”。我忍不住哈哈大笑，这“穆桂英”是不是进门时候见到的那位老太啊？

当天晚上，我们来到餐厅吃晚餐，尝到了丰盛的怀石料理。那位老太也跪坐着陪在一旁。谜底揭晓：她果然就是“清流庄女将”。松濑先生告诉我，日本的许多小城市的温泉旅馆，都是女人经营，在当地称作“女将”，也就是老板娘。清流庄的“女将”名叫平井寿美代，今年已经74岁了！这让所有的人都大吃一惊，她神采奕奕、腰背笔直、步履轻捷，招呼客人殷勤而不失优雅，哪像一个七旬老妇？

凭直觉，我感到“女将”和这家清流庄旅馆都有很多故事。果然，寿美代给我们慢慢聊起了山鹿小城和旅馆的历史。

山鹿小城的得名有一个故事。古时候，有一个人到山里打猎，看到一只受了伤的鹿跑到温泉边，喝饱了温泉水，就精神抖擞地跑远了。于是，他便知道这温泉有疗伤的效果。这个地方因有鹿而就叫做“山鹿”。1640年，熊本城城主细川忠利觉得这里的温泉很好，便建造了一个御茶屋。2011 年，整个山鹿温泉恢复明治时代的风格。

而清流庄的历史也很悠久，前身是一家饭庄，已有 100 多年历史了。明治四十三年(1908 年)，福冈市的一位厨师中原市兵卫来到山鹿，看到山鹿地理位置处于九州中部，物产丰富，还有温泉，是观光休养的好地方，于是就在这里设立开办了一家料亭(饭店)——鹿门馆。鹿门馆生意很好，中原先生随后又开了其他餐厅和饭店，以及一家清瀑温泉旅馆。1951 年，鹿门馆被寿美代的公公平井先生买了下来，改名为“清流庄”。有意思的是，寿美代也是平井先生替儿子看中的，当时她还是个大学生，丈夫是早稻田大学的毕业生，学建筑的。

“当年，我从四国的香川嫁到这里，觉得这里又偏远又冷清，很不习惯，心里不开心，于是便回了趟娘家。在回去的路上，经过了阿苏的草千里，绿色的草原一望无际，风光秀美，我心里的烦恼一下子减轻了许多。再回到山鹿的时候，我的心情就好了。后来就在这里安心过了一辈子。”老人回忆起了自己年轻的时候。她和丈夫一起过了几十年，有四个孩子。

清流庄最早的经营者是寿美代丈夫的姐姐，她也是第一代“女将”。1959 年，寿美代的丈夫平井荣任旅馆的老板，一直做了 30 多年，寿美代也帮着打理财务。后来丈夫身患疾病，50 多岁的寿美代毅然挑起了整个家业，并完成耗资 1 亿日元的旅馆改建工程(新楼是丈夫亲自设计的)。在清流庄鹿门亭落成典礼上，丈夫的病已很重了，是坐着轮椅上台的。说到这里，寿美代的眼睛湿润了。

1996年，丈夫离世，平井寿美代正式成为清流庄的女将。在她的管理下，清流庄蒸蒸日上，那时日本经济繁荣，旅馆的房间几乎天天客满。2006年又添了新楼水镜庵。由于清流庄早年是饭店，餐饮一直保持着较高水准，也是山鹿市为数不多的能制作怀石料理的温泉旅馆。

寿美代说："我没有其他本事，只是尽我的能力做好接待，迎来送往。大客户来了，我陪着他们吃饭、喝酒、聊天。"轻描淡写的几句话背后，是不为人知的艰辛。每天，她5点起床，花很多时间穿好繁复的和服，梳妆打扮停当，然后到旅馆各处巡视，为客人服务。晚上要等客人都离开或休息后才能回去，总要10点以后了。这对于一位七旬老人来说，是多么不易啊。"女将"的家就在清流庄里，楼上有她的房间。她说，早年丈夫曾买了一块地，本想建一所自己的房子，舒舒服服地住在那里。没想到，旅馆的事那么忙，一直没空建房，现在也不可能再建了。说到这里，她叹了一口气。

边上坐着的一位40来岁的男子，西服笔挺，是她的小儿子。"女将"已经将旅馆的大部分事务交给了他，让他担任经理。但清流庄的灵魂，其实还是寿美代。

这位老太并非出自名门望族，也没有多高的学历(她上了一年大学就退学结婚了)，在名不见经传的小城过了一辈子，但长期以来接受的日本传统文化和礼仪的熏陶，使她有一种发自内心的优雅和高贵，举手投足韵味十足。在豪华饭店、星级酒店遍布世界各地的今天，要体会原汁原味的日本传统旅馆氛围，感受"那一低头的温柔"的日式服务，只有在这样的温泉旅馆才能见到。尽管寿美代自谦“没有其他本事”，而实际上她的存在，就是清流庄最好的招牌。

这真是一位传奇“女将”，身上既有日本传统女性的优雅、温婉，更有坚毅、顽强的品质，还有“阿庆嫂”式的精明能干，让人肃然起敬。

（本文刊于2012年2月17日《文汇报》笔会）

餐前一幅画，餐后一首诗

——日本九州游记之三

我们入住的山鹿“清流庄”温泉旅馆，是一家传统的日式旅馆，房间舒适，布置充满古典情调。而更让人难忘的，是入住后的晚餐。

走进餐厅，桌上已摆好了一份份餐食，菜肴小巧精致，器皿古朴多样，让人有些目不暇接。桌上有一张菜单，名为《霜月怀石》，原来是著名的怀石料理啊！霜月即日语中的11月，这四个字，立即将这桌料理带入了一种特别的意境中。

摆在面前的菜肴和餐具分为三组，摆放得错落有致：最大的是一个红褐色的漆盘，上面放着一个褐色的藤编盛器，造型有点像小簸箕，里面有五六样食物，旁边是一个小盅和一杯酒；漆盘边上是一个陶质小锅，底座可加热；另外一组是白底淡花的盘子和调羹。

拿起菜单才知道，食前酒是柚子酒，小盅里是胡桃豆腐，点缀着一片绿色的山葵。豆腐和胡桃，一柔一刚，豆香和胡桃香在舌尖混合，十分特别。

而那个“小簸箕”里的内容就格外丰富了：两小片鲭鱼寿司；两片“红叶”（胡萝卜雕成）；一个橘黄色、柿子造型的小茶盅比手掌还小，里面是用菊花烹制的菌菇，一片入口，鲜美中尝得出菊花的清香；边上有个差不多大的褐色“小筐”，像极了竹编的，筐里放了十来粒双色果子，其中一种是白果，而“小筐”也可以吃，很脆，因为是它用干的昆布（一种海藻）编的。小筐上面摆着两支稻穗，和“柿子盅”相映成趣。让人惊讶是，主人说，这稻穗也可以吃。我咬一下穗粒，竟然是熟的，好像爆米花，当然，穗秆不能吃。

这一组前菜，从菜的选料、烹制，到色彩、造型、搭配，都充分体现了季节特点，秋风起兮，秋叶飘零，万物成熟，大地沉静……让人感受到“霜月”的浓浓秋意。

前菜吃完后，滑子汤、刺身、烧物（烤鱼）依次上桌。盛器同样都很有特色，盛刺身的是碧绿的花瓣碗，碗底铺着一层冰，上面是一张银色透明的树叶，再衬着一张绿叶，放着金枪鱼和鲷鱼，另有一个迷你小盅，装着海胆。刺身非常新鲜，细嚼之下有一丝微甜。

随后上来的是“强肴”，即特色菜，几片肉的纹理如同雪花般清晰。之前就知道山鹿属于熊本县，当地的马肉十分有名，但没想到也是刺身。战战兢兢地夹起一片马肉蘸点调料，放入口中，没有传说中的酸味，也没什么生腥气，而是嫩、滑、香，还很有嚼劲，回味无穷。“进肴”（主菜）是烤肥牛。而之前的明炉“茸锅”也点燃了，里面有几种菌菇，有一种叫白舞茸，听上去就很美。

怀石料理前菜每样都只有小小的一份，但主菜和热菜量不少，一道接一道，当米饭和小菜上来时，几乎每个人都举起了“免战牌”。最后的甜品是糖渍的梨和栗子，用明黄色的细瓷碗盛着，简直像一件工艺品，让人不忍下箸。

器具的精美、食材的考究、对自然的崇尚以及待客的诚意，是怀石料理的特点。据主人介绍，准备这顿晚餐，三位厨师从早晨便开始忙碌了。山鹿市只有为数不多的几家饭店、旅馆可以烹制怀石料理，一般都要提前几天预订。

清流庄，霜月，怀石……蓦地，唐朝王维的几句诗涌上我的心头：“空山新雨后，天气晚来秋。明月松间照，清泉石上流。”

餐前，如同一幅静物画；食毕，则是一首山水诗。怀石料理被誉为日本饮食文化的极品，果然名不虚传。

（本文刊于2012年2月9日《新民晚报》好吃周刊）

日本天草海上观海豚

——日本九州游记之四

天草，日本熊本县西南部大海中的群岛，并不出名，然而这里却有一个世上鲜见的奇观：成群的海豚在大海中自由嬉戏。

从熊本市沿 266 国道一路向南，路上经过 5 座造型各异的大桥，便到达了上天草市。

清早 8 时许，我们就乘坐“海之旅”游艇出发了。驾驶游艇的濑崎公介先生告诉我们，这里位于有明海通向东海的橘湾，水产丰富，有真鲷、竹荚鱼、沙丁鱼、乌贼等数十种，海豚时常游过海湾来觅食，因此这里成为海豚的栖息地，每天都能看到成群的海豚出没。一头海豚一天要吃 20 公斤的鱼，这里的海豚群约有 200 头，每天要吃掉 4 000 公斤的鱼虾。

海水蓝得透明，天草各岛屿如同一颗颗海上的绿宝石，映着白云蓝天，令人心旷神怡。一路上海鸥点点，游艇在海上飞速前行，卷起团团白浪，在蓝色的海面上划出一道白线。岛屿渐渐远去，犹如群山漂浮在海上。

约45分钟后，只听同行者喊道："快看海豚！"我赶紧望去，只见远处有一个尖尖的黑点闪过，是海豚的背鳍！只可惜一晃而过。濑崎先生说，没关系，前面还有很多。他又往前开了一段距离，将游艇停了下来。

"这里有好多！"果然，一群海豚结伴而来，它们从水中跃起，划出优美的弧线，又迅速潜入水中。真是让人惊喜！而当我举起相机时，它们又不见了。正当我有些失望之际，海豚忽然在游艇的另一边出现了。哇，足有十多头！它们忽而远，忽而近，忽而隐没，忽而显现，似在灵动地嬉戏，又似在和我们捉迷藏。蓦地，海豚游到了游艇附近十来米处，流线型的身躯清晰可见，我赶紧按下快门，终于捕捉到了它们整齐跃起的镜头。

近距离观察，我发现海豚并不是黑色的，它的肚皮其实是灰褐色的。它们虽然不如海洋馆中受过训练的海豚跃得那么高，但完全是在自然状态下的表现，自由自在，无拘无束。

海豚非常聪明，通过超声波来感知周围世界，游艇的轰鸣声为什么没有把它们吓跑？濑崎公介说，驾游艇出海看海豚在天草已有30年的历史了，从未伤害过海豚，海豚也习惯了。除了上天草市，对面的云仙市也有游艇出海看海豚，但游艇的总量有严格控制。

回到港口，我见到了上天草市市长川端祐树。川端市长得知我们来自上海，便给我们介绍起了这座城市的情况。近三四十年来，日本经济高速发展，然而，上天草市的面貌还是和原来基本一样，没有过度开发，全市几乎所有的地区都在云仙天草国立公园之内。他说："近年来，世界各地保持原生态的地方越来越少了，我们要继续保护自然环境，把这么好的地方让大家共享。”

保护环境的做法之一，便是严格限制水产捕捞。昂贵的真鲷只有4个月可以捕捞，最出名的明虾大多是养殖的。海洋中的大部分鱼虾，则留给海豚。另外，城里基本没有工业，而以农、林、水产养殖和旅游观光业为主，这样就避免了环境污染。上天草市共有人口3万，每年接待游客达100万人。

一席话，让我十分惊讶，川端市长没有历数城市建设的成就、新的规划、新的地标……让他自豪的“政绩”，竟然是“面貌和原来一样”。这种对大自然发自内心的尊重，发人深思。

不向大海掠夺，不与海豚争食，不改变原有环境，人与自然和谐相处。这就是天草海域海豚出没的秘密！

（本文刊于2011年12月9日《新民晚报》夜光杯）

肆　东欧散记

梦中的温泉之城

在我眼里，捷克的卡罗维发利是一个属于梦中的小城。在一望无际的波西米亚森林中，有一个青翠的山谷，一条弯弯曲曲的、冒着热气的小河穿越山谷，河的两岸，各式各样五彩缤纷的城堡式小楼依山而建，大大小小的尖顶圆顶、阁楼钟楼此起彼伏、错落有致，奇巧而繁复的回廊和凉亭隐藏在葱绿的森林里。这一切，是不是只有在童话或梦境中才有？

美 丽 童 话

小城因温泉而著称于世，温泉的发现本身就是一个美丽的童话。14 世纪的捷克国王查理四世是欧洲中世纪一位有名的君主。这个勇敢的国王酷爱打猎，一次他和随从到远离布拉格的西部森林去打猎。在山谷里发现了一群鹿，查理兴奋地往前追赶。鹿群跑得飞快，他也快马加鞭，将随从远远地甩在了后面。跑啊跑，鹿群跑到了悬崖边上。查理想，这下鹿群无路可逃，必定要回头了，他举起弓，准备在群鹿回头的一刹那射箭。

不料，群鹿没有回头，而是一头接一头，义无反顾地往悬崖下跳！查理一箭射去，射中了最后一头鹿，以为它会倒地不起，谁知它也挣扎着跳下了悬崖。

查理满心疑窦，跑到悬崖边探头一看，发现悬崖下并非万丈深渊，而是一汪泉水，中间有一条水柱激射而出，还冒着热气。只见群鹿依旧一头接一头地从泉水中跳了出来，而那头受伤的鹿，则自己拔出了箭，将伤口浸泡在泉水中，泡了好一会儿，也起身离开了泉水，蹦蹦跳跳地追赶鹿群去了。

难道这温泉有如此神奇的疗伤作用？查理四世回宫后，请学者来此勘察，发现温泉是从 5 000 英尺的地下冒出的，富含矿物质，具有补充人体微量元素、调节新陈代谢的作用，对胃肠道、肝、肾疾病、内分泌紊乱以及糖尿病都有疗效。世界各地绝大多数的温泉是泡浴用的，而这儿温泉却以饮用为主。随着更多的泉眼被发现，神奇温泉的名声传遍了欧洲。这里地处中欧，靠近德国、奥地利，于是，各国的王公贵族、文人骚客慕名而来，他们在这里喝矿泉、疗养、度假，一幢幢美轮美奂的楼房拔地而起，一座座花园式疗养院、饭店、咖啡馆星罗棋布，加上相继建成的教堂、剧院、博物馆，欧洲最著名的温泉之城——卡罗维发利就这么诞生了。卡罗维发利其实是由“卡罗维”和“发利”两个词组成的，意思是查理的山谷。这座城市的象征便是站在悬崖上的一头鹿。

我们一边欣赏如画的风光，一边寻访著名的温泉。小城共有 50 多个泉眼，比较有名的有 13 个。城中心有一条长廊，尽头有个大玻璃屋，走近玻璃屋，只见圆圆的水池中有一小孔，孔中有力地向上喷射出一股水流，热力四射，让人难以靠近。泉水的喷射是有节奏的，喷到最高处后，由强转弱，过几秒钟后，泉眼似积聚了力量，再次向上激射。从旁边的说明上得知：这便是1号泉眼——间歇喷泉，温度高达73.6摄氏度，每分钟的流量是2 000升，喷射高度达12米！这也就是传说中鹿群发现的温泉。

用特别的温泉杯接上一杯，小心地啜一口，哇，我差点没吐出来。著名的卡罗维发利温泉的味道让人不敢恭维！有点咸，有点涩，还有股说不出的古怪味儿。每个泉眼涌出的泉水味道是不同的，因为里面含有不同的矿物质，有的苦，有的酸，有的冲鼻子，还有的带有铁锈味儿。听说，如果你是真正来疗养的，医生会根据你的体质制定一套完整的疗程；喝哪种温泉、何时喝、喝多少都有规定。有一种喝法是第一天喝一杯，第二天两杯，第三天四杯，依次类推，一直到第七天得喝64杯！听上去好像不可能，不过一来杯子不大，二来循序渐进，64杯是能喝下去的。我在这里只待两天，所以抓紧时间将每一眼泉水都尝了尝。

泉眼的名字也各不相同，有“查理四世泉”、“悬崖之泉”、“美人鱼泉”，第11座叫做“自由之泉”，也叫“爱之泉”，据说单身的青年男女饮了此泉后，就会告别自由，获得爱情。“自由之泉”的温度高达65度，仅次于1号泉眼。是啊，在人类所有的情感中，爱情是最为炽热的。

泉水汩汩流出，汇聚成了山谷里的捷普拉河。捷克语“泰普拉”的意思和俄语一样，是“温暖的”。这条河不仅是温暖的，有几段还冒着热气。水质很清，河里还有成群的鱼儿，我真佩服这些鱼儿的耐热能力，怎么没有被煮熟，变成一锅鱼汤呢？

艺术之城

除了温泉，卡罗维伐利最让人惊叹的是它的建筑。

上海的陕西南路上的马勒住宅以其童话般的北欧风格，备受赞誉，而在卡罗维发利，几乎每一座建筑都比马勒住宅更美。河边的楼房均为五六层楼，有红顶黄墙，有蓝顶白墙，还有绿白、红白相间等，房子尖顶上又有尖顶，阁楼上又叠阁楼，半圆形的阳台带着铸铁的镂空花栏杆，对称的柱子、拱形的窗户和突出的房檐都有精致的纹饰，外墙还有马赛克壁画，以及不计其数的雕塑作品。

这也并不奇怪，几百年来，有多少欧洲的王公贵族把这里当做了疗养、度假胜地，集中了各国最优秀的建筑师、最有名的艺术家、最好的工匠来设计、建造他们的行宫、别墅。温泉小城堪称“世界建筑艺术博览会”，难怪一位诗人赞美它是一颗“镶在珠母边框里的钻石”。

还有一种别处不多见的漂亮建筑是回廊。卡罗维发利的夏日尽管气温不高，但阳光十分强烈，18、19 世纪，为了防止娇贵的女士被晒坏，又能充分享受温泉和空气，人们便在泉眼上方建造了一个又一个回廊。磨坊回廊是最长的一个，用灰白的石头建成，分上下两层，廊柱有点像雅典的帕提农神庙，似一部气势雄浑的交响乐；花园回廊有着蓝色的顶棚，纤细的柱子洁白无瑕，两边各有一个精巧的凉亭，仿佛一首浪漫抒情的小夜曲。想当年，那些身穿华丽蓬裙、头戴漂亮帽子的太太、小姐，一定是坐在雪白的长椅上，或倚在廊柱旁，优雅地拿着描金绘银的温泉杯，跷着小指头，一边小口地喝温泉，一边谈论着时尚服饰、文学绘画以及美容健康等各种话题。洋溢着小布尔乔亚气息的回廊，成了欧洲上流社会一个特殊的社交场所。

这一个个回廊里，还曾留下许多艺术家的足迹。贝多芬曾数次造访卡罗维发利，讲述贝多芬爱情故事的电影《永远的爱人》里，一开始贝多芬与情人幽会的地方，就在卡罗维发利温泉。

18、19世纪，巴赫、莫扎特、勃拉姆斯、帕格尼尼、肖邦、瓦格纳等音乐家，也喜欢到这里来寻找创作灵感。作家有歌德、席勒、屠格涅夫、密茨凯维支、卡夫卡、茨威格，所以小城的很多旅店、咖啡馆、商店就以他们的名字命名，公园里还有他们的塑像。有益的温泉和新鲜的空气使艺术家的身体和精神都得到康复，他们从这个世外桃源里汲取了创作灵感。但并非所有的艺术家在此度过的都是快乐时光。俄罗斯伟大的讽刺作家果戈理身体一直不好，他是1845年来卡罗维发利养病的，他在这里完成了《死魂灵》第二部，但不满意，将它付之一炬。

我所住的饭店的名字来自捷克最伟大的音乐家——德沃夏克，而饭店附近还有一处德沃夏克故居。这位著名音乐家的代表作《新世界交响曲》，还是在这里首演的呢。每年9月，这里都会举办德沃夏克秋季音乐节。

也许是无法抗拒小城的美丽吧，第二天一早，我破例6点起床，和同伴们一起上山去领略温泉城的早晨。空气清新得让人陶醉，沿着古老的石阶爬上山顶，茂密的针叶林和灌木丛之间，古老破损的雕塑随处可见。在氤氲的晨雾中，我意外地发现了一座雕塑——一头站在悬崖上的可爱的小鹿，它凝望着远方，若有所思，仿佛在聆听什么，又仿佛随时准备纵身一跃，跳进温泉。啊，这里就是传说中的鹿跳崖。山上是栩栩如生的小鹿，山下是罗曼蒂克的山谷，我已分不清身在现实还是梦境。

把我从美梦中唤醒的是我的眼睛。起床后总觉得右眼皮不舒服，一照镜子，才发现右边眼皮变成了“三眼皮”，眼袋也肿肿的。一定是昨天泉水喝得太多了，矿物质吸收不了。看来，那一套循序渐进的喝水法子还是有道理的。

也许是因为小城浓厚的文化气息，也许是因为这里每个角度都是完美的电影画面，所以从 1950 年起捷克斯洛伐克创办了卡罗维发利电影节，这也是国际著名的电影节。中国不少影片都曾在这个电影节上获奖：1951 年的《白毛女》、1957 年的《祝福》，以及 1988 年的《芙蓉镇》。

有人这样赞美卡罗维发利：这是一个每天都是节日的城市！是的，在全世界，能够将自然风光、古典建筑、历史人文、电影艺术，甚至医学健康，都紧密联系在一起的小城，大概只有卡罗维发利了。难怪每年有 200 万人从世界各地来到这里，希冀得到身心双方面的健康和美丽。

维利奇卡：盐矿中的艺术宫殿

盐，氯化钠，生命一日也不能离开的物质。在波兰，有这样一个小镇，在数百年间产出无数这种白色结晶的同时，也将一个盐矿变成了一座精美绝伦的艺术宫殿。

“维利奇卡”，在波兰语及斯拉夫语里是巨大、伟大的意思。以此为名的盐矿，名副其实。它宛如一座深藏在地下一二百米处的“城市”，数百公里的弯弯曲曲的通道和栈道，连接着 2 000 多个洞室，开阔的大厅、肃穆的教堂，从屋顶、地面到墙壁，从悬挂着的晶莹剔透的吊灯，到无数栩栩如生的雕塑、圣像，一切都是用朴实无华的盐制成的！

这是波兰人最引以为傲的文化遗产，数百年来给予精心的维护，1978 年，维利奇卡盐矿被联合国教科文组织列入首批世界文化遗产名录。如今，距波兰历史名城克拉科夫十几公里的维利奇卡小镇，仅 2 万人口，每年却要接待 120 多万游客。

盐矿已有700多年历史

“维利奇卡盐矿深度为327米，共有9层，矿道总长度约300公里。矿中的设施包括垂直矿道、楼梯、教堂、湖泊，以及大大小小的输出口。它向人们展示了采矿技术发展的各个阶段。”这是在联合国教科文组织在将维利奇卡盐矿列入世遗时所做的简短说明。

身着蓝色制服的高级导游雅努士把我们领进了维利奇卡盐矿。他介绍说，盐矿共有9层，目前上面3层作为博物馆对外开放。我们乘坐专门的老式电梯下矿井。电梯只能容纳不到10人，不过下行速度很快，很快便下到了地下64米的第一层。

走在用粗大的原木撑起的通道里，光滑的灰色石壁微微泛着亮光，用手电照去，有的地方呈透明状，这都是结晶盐！我伸出舌头舔了一下，果真是咸的。雅努士边走边给我们介绍盐矿的历史。

盐的原料来源可分为四类：海盐、湖盐、井盐和矿盐。人们熟知的海盐是以海水为原料晒制而得的；从盐湖中得到的盐叫作“湖盐”；凿井汲取地下卤水制得的盐叫作“井盐”；开采岩盐矿床制得的盐则称“矿盐”。

在几万年以前，有些地方原本是海洋或者内陆湖。后来因气候干燥、高温，使海水或湖水蒸发结晶成盐，再经过海陆变迁，使海盆地和内陆湖变成了陆地，海盆地中的盐聚集在一起便形成了盐矿。陆上盐矿主要是石盐，由于它产于山岩之中，因此又称为岩盐。维利奇卡这一片土地1 300万年前是海，后来随着地壳运动，海洋变成陆地，海盐也变成了岩盐。

维利奇卡盐矿是13世纪末被发现的。16世纪到17世纪，盐矿被称为波兰王国“最大的财产”。这里的盐除了供波兰人食用，还大量出口到欧洲其他国家。由于当时盐价贵如黄金，所以维利奇卡产的食盐的收入，占当时波兰国家收入的1/3，盐的贸易还带动了格但斯克等港口城市的兴盛。波兰人骄傲地宣称，中世纪波兰的富强是拜维利奇卡所赐。

民间故事：匈牙利公主发现盐矿

走近一个矿洞，一组群雕出现在我们面前：一个头戴王冠的女子站着，双手向前伸出；一个头戴矿工帽子、左手拿镐头的男子单腿跪地，右手捧着一块小石头递给女子，石头上还有一枚戒指。“这是匈牙利公主金卡，传说中是她发现了维利奇卡盐矿。”雅努士给我们讲了一个民间故事。

很久之前，匈牙利国王将其爱女金卡公主许配给波兰的克拉科夫大公。准备嫁妆时，国王问女儿想要什么。公主说，想要一座盐矿，盐矿会给波兰人带去幸福和安乐。因为当时匈牙利已有盐矿，而波兰没有。国王点头应允，公主便摘下订婚戒指抛向匈牙利的马拉穆累斯盐矿。待公主一行来到达克拉科夫郊外时，她做了一个梦，梦到这里有盐矿。第二天她派随同的矿工去维利奇卡开矿。奇迹发生了，矿工不仅掘出了盐，而且在第一块岩盐中还有公主抛进盐矿的戒指。

金卡公主给波兰人带去了盐，也带去了好日子。在这座盐矿里，几百年来矿工们都把金卡公主当作守护神，好些地方都供有她的雕像。

真是个神奇的故事，金卡公主有点像中国的文成公主，我想。

当年矿工干活有马匹帮助

数百年前，盐的开采极为不易。当年矿工的工作条件非常艰苦，他们一手拿着斧镐，一手提着油灯，背上还要背着40公斤重的盐，在黑暗、狭小、闷热的矿井里手脚并用爬行，还要冒塌方和瓦斯爆炸的危险。

巷道和矿洞里有不少矿工的蜡像，他们有的在攀爬，有的在搬运岩盐，有的在转动绞盘，反映了当年劳动的艰辛。我还惊讶地看到了几匹马的标本，一匹马正在拉运盐车，还有一个矿工在给马清洗身体。

雅努士告诉我，盐矿自古以来一直有马匹工作，用于运盐、拖动升降机等。那么，马是怎么到井下来的呢？据说，马是被捆住四足，吊到100多米深的矿洞来的。由于下井对于马来说是“恐怖的经历”，所以下来后就不再上去。平时矿洞里有马厩，供它们休息，有专门的人照料它们，草料也运到地下。维利奇卡最后一匹马，一直工作到2002年才退休。

盐雕是维利奇卡的一大特色

在之后的一个接一个矿洞里，我看到了许多雕塑作品。据介绍，几百年来，矿工在劳作之余，喜欢用坚硬的岩盐雕刻东西。渐渐地，盐雕成了维利奇卡的一大特色。

这里有一座哥白尼全身雕像，这位伟大的天文学家右手高举地球仪，似在宣布他发现的真理。原来，哥白尼15世纪在克拉科夫上大学时就来过这里，称得上是盐矿的“第一个游客”。还有一座歌德雕像，据说这位德国大文豪曾于1790年访问过维利奇卡。另一个矿洞里有一座卡兹密尔大帝的胸像，这位14世纪中期在位的波兰国王知道矿工的艰辛，因此特别颁布法律，让矿工享有和贵族同样的权利，如可以佩剑，有选举权等。

还有一组雕像十分奇特，几名特别矮小的矿工正在干活，他们戴着尖尖的帽子，留着长长的胡子，动作笨拙可爱。他们多像“七个小矮人”啊！我想起以前读过的一份考证资料，据说格林童话的《白雪公主》中的小矮人，其原型可能是欧洲森林中的矿工，因为矿洞狭小，只有身材矮小的人才容易钻进去。那么，白雪公主在森林中遇到的七个小矮人，也有可能就是维利奇卡盐矿的矿工吧！

沿着陡峭的栈道，我们下到了地下101米深的第二层。突然，一个巨大空间出现在我们面前，方方正正，高大空阔，五盏巨大的盐晶吊灯光彩夺目，照亮了四周墙壁上无数浮雕，令人震撼。

雅努士说，这就是圣金卡大教堂，高17米，面积近1 000平方米。前方中央是一人多高的金卡公主的雕像，四周浮雕大部分是圣经故事。雕塑和浮雕全部用深灰色的岩盐雕成，人物线条硬朗，富有一种特别的厚重感。其中有一组是以达·芬奇的名作《最后的晚餐》为蓝本雕刻的，耶稣几门徒的动作、神情逼真，立体感非常强，让人叹为观止。

这个矿洞是1862年开出的，挖空后于1896年开建圣金卡大教堂。这里所有的艺术作品，是3位矿工花了67年的时间无偿完成的。墙上的一块牌子刻着他们的名字：尤瑟夫·马科夫斯基、托马斯·马科夫斯基、安东尼·维隆德克。前两位是亲兄弟，维隆德克比他们都年轻，生于1901年，卒于1992年。他们中只有维隆德克后来进了华沙美术学院学习。他和另两位矿工艺术家用自己的一生换来了维利奇卡的地下艺术宫殿。

如今，大教堂还经常举行音乐会、宗教活动，甚至还举办婚礼。试想，在100米深的地下和自己的爱人携手，是不是有一种“爱到地老天荒”的感觉呢？

盐矿中有波兰人浪漫气质

有一个矿洞的展示让人难忘。那是一个巨大的矿洞，没有灯光，漆黑一片。在黑暗中，渐渐响起了叮当叮当的敲击声，随后，一束光照亮了狭窄而陡峭的栈道，仿佛几百年前的矿工在艰难地爬行、劳作。蓦地，一段熟悉的音乐在耳边响起，是肖邦的作品，伴随叮当的采矿声，有一种强烈的冲击力。这一矿洞模型曾在2000年汉诺威世博会上展出过。

我忽然想到，坚韧不拔、浪漫优雅，这是两种完全不同的气质，却同时融于在波兰人的灵魂中。无论是肖邦，还是盐矿矿工，在他们身上都可以发现这一点。

参观结束，我们来到地下三层的餐厅吃午饭。餐厅很大，可同时容纳近百人用餐。我们品尝了波兰的蘑菇汤和烤猪肉排。盐矿餐厅的菜味道很好，猪排香嫩多汁。

临别前，我还和导游雅努士交谈了一番。他在这里当了 26 年矿工，从最基层的工人升到部门主任。1995 年，维利奇卡结束了它作为盐矿的使命，他也转行当了导游，又干了 16 年了。他说，盐矿的巷道总长近 300 公里，我们走的只有其中的百分之一，维利奇卡 200 多年前就开发旅游业，如今设施不断完善，肢残人、盲人来游览都无障碍。

盐矿的空气里富含盐，而盐对一些疾病有治疗作用，这里更深的地方还有特别的治疗室，供患呼吸疾病的人在此休养。同行的一位朋友有鼻炎，他进了盐矿后就感觉鼻子很舒服。

维利奇卡最让我感动的还是矿工的聪明才智。他们就地取材，用岩盐制作了那么多璀璨夺目的艺术品，成为人类文化的瑰宝。难怪联合国教科文组织称赞其岩盐雕刻和辉煌的矿山艺术“在全世界都是非凡的”。

维利奇卡票价是 110 兹罗提，合 250 元人民币。如此富于艺术性的盐矿，在世界上也是独一无二的，在其中旅行，也是一种难得的体验。

（本文刊于 2011 年 6 月《中国国家地理》杂志）

今日波兰印象

波兰，对很多中国人来说是一个遥远的国家。这种遥远，不仅仅是地理上的距离，更是一种心理上的陌生。提起波兰，或许只有些零星的碎片：东欧国家，经济不怎么发达，是肖邦和居里夫人的故乡……

2010 年，一座淡黄色的、外墙为剪纸花纹的场馆，在上海世博会上大放异彩，拉近了波兰与中国人的距离。2010 年 7 月，上海世博会期间，我应波兰外交部和企业发展局的邀请，访问了这个国家，无数新鲜生动的画面拼成了一个多姿多彩的波兰。

这个地处欧洲中部的国家，是近年来欧盟发展最快的一个国家，人均 GDP 已达 1.7 万美元，几大产业生机勃勃。31 万平方公里的土地上，处处可见美丽的自然风光和保护完好的历史遗迹。波兰物价平稳，人们生活质量很高，而且热情友善，敞开大门欢迎中国人。

传统与现代并行不悖

我们是晚上抵达华沙肖邦机场的。机场是新扩建的，航站楼、候机厅高大畅亮，设施完善，通关效率很高。一进市区，宪法广场、凯旋广场、华沙起义纪念雕像、哥白尼铜像、诗人密茨凯维支铜像……一股厚重的历史和文化气息扑面而来。

华沙除了大量古典风格的建筑，还有许多战后建成的楼房，大部分在10层左右，方方正正。市中心有一座前苏联风格的科学文化宫，外形和上海展览中心极为相似，但要高出不少，有38层。华沙也有不少新建的漂亮商厦、宾馆、商务楼，但摩天大楼不多见，或许是因为华沙总共200万人口，不需要太多高层建筑吧。

华沙给人的总体印象是，传统与现代并行不悖。第二次世界大战前的市政厅现在是花旗银行，原来的统一工人党大楼现在是华沙银行总部和证券交易所。国家歌剧院旁有一个极富现代感的圆形建筑，这是一座商务中心，它是英国著名设计师诺曼·福斯特的作品，福斯特曾设计过德国新议会大厦、香港汇丰总部大楼、北京首都国际机场新航站楼等建筑，听说这座商务中心刚建成时还被部分市民批评“不协调”。

波兰私家车拥有率很高，每1 000人拥有汽车380辆，马路上跑的菲亚特、大众、丰田、沃尔沃等轿车，大部分是本国出产的。因为波兰是欧洲汽车主要生产国之一，上述品牌汽车巨头都在波投资建厂。华沙的地铁、公交也很发达，市区还保留了许多有轨电车道，也有专门辟出的自行车道。

华沙有多个现代化的购物中心、销品茂(Shopping mall),ZARA、H&M、C&A 等商场随处可见,年代久远的新世界大街上,沿街都是品牌服装店,每到周六就成为步行街。由于正处打折季,品牌服装的价格比国内低很多。

在波兰,网络通讯也十分便利。我们入住的宾馆,房间可免费上网。大堂还有两台公用电脑,是苹果公司最新款的,供客人免费使用。据波兰媒体报道,波兰计划在全国所有城市搭建免费无线网络。

重建的华沙老城被列入"世遗"

走过一段残缺的红砖老城墙,端庄肃穆的王宫城堡、教堂、钟楼映入眼帘,这里便是华沙最著名的老城了。老城始建于13、14 世纪,改建于 17 世纪。走在铺满弹格路的狭窄街道上,仿佛走进了欧洲老电影中。

老城中央是一个方形的广场——老城集市广场,中心有一座持剑的美人鱼青铜雕像,传说中她战胜了维斯瓦河中的水怪,是华沙的守护神。广场四周都是历史久远的老房子,均为四层楼加一层阁楼,米黄、浅绿、赭红、褐色,丰富的色彩历经岁月的洗礼后,变得十分淡雅,别有一种韵味。现在这些老房子都是餐厅、工艺品店。鲜花点缀着广场上的露天咖啡座,风情十足。

"第二次世界大战中,华沙 95%的房子被德国法西斯摧毁。这些都是战后重建的。"陪同的翻译马尔清先生的介绍让我大吃一惊。在广场边上,我看到了一幅战争刚结束时老城的照片,一片废墟,瓦砾遍地。

据介绍，1945 年战争一结束，波兰人民就着手重建华沙老城。1949 年老城广场四周立起第一批建筑物，1963 年整个工程竣工。每座建筑物外观都保持了原来的风貌，而其内部结构和设施则是按照现代建筑技术进行改建的。

老城恢复重建依据的是什么？老照片、风景画和人们的记忆。在国王大街上有一幅 19 世纪的风景画，今天我们看到的街景就是根据它恢复的。重建工作极为细致。几乎每幢老房子的门楣上都有一个特色标记，有一幢老楼的标记只有一个蛇形花纹的外圈，中间是空白的。“因为这里缺失了回忆，所以就让它空着，等找到了资料或有人确切回忆起来再填上。”马尔清说。

为了将一座座老建筑修复得和以前完全一致，外墙尽量使用那个年代的建筑材料，甚至还从外地运来了同时代老房子拆下的砖瓦。而波兰人在古建筑修复方面一直很有经验，建筑学上有一个建筑修复的波兰学派，始于 20 世纪初，在“二战”后达到顶峰。

恢复一座老城比建设一座新城要难得多，这需要多大的决心和毅力啊！华沙老城修复工程的价值已被世人所认可，于 1980 年被联合国教科文组织列入世界遗产名录。这也是“世遗”中唯一一座重建的老城。这种对每一栋楼、每一块石头的尊重，值得中国人好好学习。

物价不高收入不低

在波兰期间，我们访问了外交部、经济部、文化部、旅游局、小波兰省政府、雅盖隆大学等多个政府部门和机构，对波兰的经济、文化、教育的状况以及与中国的关系有了一个比较全面的了解。

波兰经济部副部长拉法尔·班尼亚克向我们介绍说，波兰于2004年成为欧盟正式成员国，几年来经济稳步增长，从2005年到2008年，GDP增长分别为3.6%、6.2%、6.8%、5.1%。2009年受到全球经济危机的影响，波兰仍有1.8%的增长，是当年欧盟唯一增长的国家。波兰如今是欧盟的第六大经济国。

如今，波兰国民人均月收入为3 300兹罗提，约合800欧元。兹罗提和人民币的汇率为2.3∶1。我考察了波兰的市场，发现物价不高，如牛奶2兹罗提/升，纯果汁2～4兹罗提/升，猪肉8～10兹罗提/公斤，番茄5.6兹罗提/公斤。两个人在餐厅吃顿饭，一般花费为100兹罗提左右。公交车票一张2.8兹罗提，日票为7.2兹罗提、90天的为160兹罗提。如果考虑到波兰人平均收入合人民币7 000多元，应该说生活质量较高。

华沙的房价怎么样？我也与普通波兰人进行了交流，了解到2004年以前房价每平方米不到1 000美元，但这几年也涨得厉害，现在平均每平方米约2 000美元。

让人感动的热情

在波兰期间，令我最为惊讶和感动的，是波兰各界对于中国人的热情。正如上海世博会波兰馆的主题——"波兰微笑着欢迎你"。

"自从世博会开幕以来，波兰最大的报纸《选举报》，每天都有两个版介绍中国。"波兰外国投资和信息局局长、世博会波兰总代表麦曼拿着一份报纸说,“这期的报道是中国的流行音乐和在中国企业工作的波兰人。”

世博会让更多的波兰人了解真正的中国。三个多月来,从副总理到企业家,已有700多名波兰政要、专家学者、文化人、经济界人士、记者前去参观了上海世博会。波兰某保险公司首席执行官参观上海世博会回国后,逢人便说:“原以为上海是个拥挤而落后的地方,想不到比洛杉矶还漂亮!”

同样,波兰更希望让中国人所了解。负责参展工作的波兰企业发展局局长鲁布林斯卡·卡斯普扎克表示,波兰馆是最具有“中国特色”的外国馆。馆的外观是剪纸;馆内有一条巨大的龙;作曲家鲁比克专门创作的音乐《上海狂想曲》,加入了中国元素;波兰馆的主题之一“从农村迁移到城市”,这曾经是波兰20世纪50年代至70年代的人口迁徙大潮,也是中国当前面临的问题。

世博会前,波兰方面做了一个调查:中国人对波兰知道多少?结果几乎为零。“每次看到一个人跨过波兰馆的大门进来,我就很高兴,因为又多了一个人了解我们这个国家了。”麦曼笑着说,“现在波兰馆的参观者很快就要突破500万。如果不是上海世博会,我们自己造一个馆,哪怕造得再大、再好,花50年时间宣传,也达不到这样的效果!”

7月中旬,华沙地区一个小镇上的一座旧桥轰然倒塌,中国企业参与施工的华沙—罗兹高速公路建设正式开工。2009年9月,由中国海外工程有限责任公司牵头,中铁隧道集团、上海建工集团和波兰一家公司组成的联合体在一举中标两个标段,总长度 49 公里。这也是中资公司在欧盟 27 国中拿下的第一个大型基础建设项目。

“这是一只报春的燕子。”麦曼用诗一般的语言评价这件事，中波在基础建设方面合作的天地极为广阔。2013 年之前，波兰都是欧盟资金的最大受益国，获得支持资金总额达 1 000 亿欧元，大部分将用于公路、铁路等基础设施建设。“希望更多的中国企业来波兰赚欧盟的钱。”

“全世界都一样，越来越重视中国。”波兰前驻华大使舒姆斯基说，“61 年前，波兰是最早与中国建交的国家之一。我们两个国家有很多相似之处。我们想传达给中国人民一个友好的信息：波兰不仅仅是旅游目的地，还可以来留学，来投资！”

是的，波兰与中国，距离并不遥远。

伍 夏威夷，夏威夷

夏威夷的色彩

重度污染日。早上走出家门，眼前是一片灰蒙蒙。视力1.5的我好像变近视了，或者提早N年得了白内障？怎么看出去建筑物、道路、人影都蒙上了一层纱，模模糊糊的，连太阳都没有了光彩，晦暗地挂在天边。灰色，灰色……

脑海里一下子浮现出了夏威夷的色彩。

夏威夷是什么颜色的？

很多人第一反应：蓝色的。是的，歌星猫王在20世纪60年代曾主演过一部电影《蓝色的夏威夷》，这部电影以及同名主题歌，也让这座太平洋上的群岛美名远播，成为美丽、浪漫的度假天堂的代名词。

到夏威夷的时候是早晨8点，一出机场，就被澄澈碧蓝的天空震撼了。那种蓝，真是从来没见过的，蓝得纯正，蓝得通透，蓝得彻底。由于视线开阔，毫无遮挡，可以看到远处的地平线是极浅极浅的蓝，然后渐渐变深，再到头顶天空的湛蓝。天空没有一丝云彩，如同一大块纯净无瑕的蓝宝石。刹那间，许许多多词语从我心里冒了出来：碧空如洗、万里无云、海天一色……可以和夏威夷的蓝天媲美的可能是西藏。但西藏的天空往往有云，那里因为海拔高，云很低，大朵大朵的云仿佛触手可及。

围绕着群岛的大海自然也是蓝色的。在珍珠港，大海蓝得那么纯净，那么动人。而平静的海面似乎闪着光，如同蓝色的丝缎，华丽而柔滑。让人无法把如此美的大海与70多年前那场血腥的战役联系起来。然而，那座建在沉没的亚利桑那号战舰上的白色纪念馆，那狭长的"石棺"造型，似乎漂浮在蓝色大海上，永远向人们提醒着那段历史。

酒店坐落在檀香山的威基基海滩。坐在沙滩上，望着蓝蓝的大海，呼吸着略带咸味的大海的气息，晒着太阳，发着呆，一个下午就过去了。大海的蓝并不是单调的，而是会变幻出海蓝、蔚蓝、蓝绿、深蓝等颜色。坐船出海的时候，我特意观察了一下，发现是由于阳光照射的角度不同，或者是白云在海上的投影，造成海的颜色的不同。海水特别清澈，可以见到水下五彩斑斓的鱼。

在夏威夷，有一种鸡尾酒也叫"蓝色夏威夷"，是用伏特加、菠萝汁和青柑橘汁调成的，酒的颜色也是淡蓝。喝在口中，浓郁的果香中又有些许酒精的刺激。夕阳西下，坐在海边，吹着海风，和爱人一起喝上一杯"蓝色夏威夷"，或许是世界上最浪漫的事之一！

夏威夷又是白色的。夏威夷的沙滩也很出名。岛上的沙滩大多是白色的，弯弯的绵延开去，映着高大的椰子树，随意望去，就是一幅经典的风景画。赤足走在沙滩上，细细的沙子从脚趾缝里漏出，十分惬意。

海浪也是白色的。在欧胡岛的北岸，在一个叫“龙眼”的地方，我见到了巨浪——“惊涛拍岸，卷起千堆雪”，一阵一阵，永无止歇。沿着著名的浮潜胜地恐龙湾往东，我们在海边嶙峋的岩石中看到个天然“喷泉”。原来，这里有一处海穴，海水哗啦哗啦拍打着海岸，每隔几分钟，巨浪冲入海穴，海水受到压力作用即从狭小的岩石裂缝中喷薄而出，白色的水柱高高涌起，十分壮观。这就是哈咯那海穴喷泉，据说最高可以喷到十多米。传说看到喷泉立即许愿，愿望将会实现。

夏威夷的建筑大多是白色的，也有米黄色、奶油色，总之是接近白色的。无论是酒店、商场、住宅，甚至警署，都是如此。由于威基基海滩寸土寸金，所以酒店大多有几十层高，而大街上也有矮小的房子，有着斜斜的褐色屋顶，颇具土著茅草房的风格，但墙体也是浅色的。或许，与蓝天、绿树对比，只有白色才能充分表现出浓郁的热带风情。

而夏威夷最常见的鸡蛋花，也以白色居多，中间一团“蛋黄”，慢慢向四周晕开……

那么，夏威夷人觉得夏威夷是什么颜色的呢？你肯定想不到：粉红色！当地人说：粉红色是夏威夷的幸运色。夏威夷人喜欢落日，和中国人不同，他们房子的朝向一定要朝着日落的方向，或许，日落时分，正是一家人团聚、晚餐的时刻，也是最温馨、最温暖的时刻。而落日时天边的云彩，都是粉红色的。在夏威夷的最后一个傍晚，我们也看到了美丽的落日，天边的云都被染成了红色，深深浅浅的粉红，有点像火烧云。

夏威夷还有一种菠萝，叫“粉红菠萝”，它的叶子也是粉红色的。我们在都乐菠萝园游玩时，就见到了大片粉色菠萝，不过结出的果实还是黄色的，让人啧啧称奇。

其实，夏威夷的颜色还有很多。绿色，是植物的颜色。夏威夷地处热带，植被繁茂，山上奇花异草就不用说了，城市里，到处可见椰子树、棕榈树。在海南岛和泰国也见过椰子树，但奇怪的是，这里的椰子树特别高，能长到七八层楼那么高！树干细细的，让人惊叹其韧劲：竟能支撑这么高而不被风刮倒！

古铜色，是夏威夷人皮肤的颜色。连日本裔夏威夷人，皮肤也晒成了褐色。当地土著人的皮肤，是更深的黧黑色。这种健康的肤色，是岛上阳光所慷慨赐予的，在岛上蓝色、白色、粉色等大自然色彩的底子上，更为鲜明。在波利尼西亚文化中心，我们欣赏了一出歌舞剧，深色皮肤的演员们跳起波利尼西亚各民族的舞蹈，如呼啦舞、草裙舞、鼓之舞、火之舞，尤其是男性所跳的鼓之舞和火之舞，显示出原始、野性和力量的美。

所以，要用一种颜色来形容夏威夷，是很难的。我忽然想起，夏威夷还有一个别名——彩虹之州。由于这里空气特别洁净，雨水也不时造访，雨后即现太阳，所以经常可以看见彩虹。尽管我在夏威夷期间没有看到天上的彩虹，但却在其他地方看到了彩虹：在每一辆汽车的车牌上，都有一条小小的彩虹。

而今，蓝天白云、清新空气、自由心灵都成了奢侈品。而真正的大自然的色彩，离都市的孩子更远了。带孩子去夏威夷吧。让他们认识大自然本身的色彩、纯正的不混沌的三原色、浓烈而丰富的其他颜色。只有在童年见到过美丽的色彩，才会在小小的心中构筑一个属于自己的缤纷世界。

（本文刊于 2014 年 5 月《上海航空》）

夏威夷的味道

毋庸置疑,夏威夷是有味道的。

入夜,漫步威基基海滩,这里是首府檀香山最热闹的地方,有许多豪华酒店和高档商店。有意思的是,不少建筑顶端,都燃着熊熊火把,给这座热带海岛城市蒙上了神秘莫测的色彩。而伴随着轻拂的晚风,时不时有一股馥郁的芳香钻进你的鼻孔。这是一种特别的香味,在其他地方不曾闻到过。应该是花香。

夏威夷人的花环是人们最熟悉了,英文叫 Lei,常常用来表示对客人的欢迎,可是它最深的含义却是爱。我在游玩的时候也收到过一串,是用紫色的洋兰串成的。当地的兰花还有白色、绿色、粉色……在一家小铺子门口,几个女人正在串花环,花朵很特别,五瓣洁白的花瓣,一团黄色从中间往外慢慢晕开,凑近去,一股异香扑鼻。这就是鸡蛋花,夏威夷特有也是最常见的花。走在夏威夷的街头,会发现每个当地女子的耳朵边都会别一朵花,甚至酒店、商店的服务人员头上也有,以这种鸡蛋花为多,也有红色的扶桑花。如果在中国,女人头发边别一朵花,是不可想象的，不成了《小二黑结婚》里的三仙姑了？而夏威夷则不，一朵娇艳的花儿配着黑色、金色、褐色的长发，让姑娘别具风情。而且夏威夷女子带花也有讲究，戴在右边表示未婚，戴在左边表示已婚。

由于地处热带，夏威夷出产的水果也很丰富，菠萝、椰子、木瓜、芒果等，所以不少餐厅也经常弥漫着果香。在不少商店和超市，也经常是香气四溢，尤其是在化妆品柜。当地出产的润肤乳、护手霜、润唇膏、香皂，都含有从这些花果中提炼的精油。

夏威夷的味道还来自音乐和舞蹈。著名的夏威夷吉他，在餐厅、酒吧，甚至在海滩、街头，都可以听到。弹奏者多为男性，简简单单的四根弦，在指尖可以幻化出无穷的浪漫和激情。而热情似火的波利尼西亚舞蹈更是让人陶醉。说到夏威夷，人们的第一反应就是“草裙舞”。事实上，草裙舞是萨摩亚人的舞蹈，夏威夷群岛的本地舞蹈则是“呼啦舞”，以手臂和腰肢如波浪般扭动为特征，伴以眼神和微笑，显得热辣而妩媚。但萨摩亚和夏威夷同属波利尼西亚民族，所以在表演时也都可以看到。有了音乐和舞蹈，这片土地就变得更有诗情画意了。

对我来说，夏威夷的味道更是浓浓的人情味。和儿时好友的重逢，给这段旅程添上了最为温暖、感动的一笔。陈沿和我是小学五年半的同学，初中也是同校不同班，用现在的话说是“发小”、“闺蜜”。我们高中不在一个学校，上了大学后，二年级我就去了俄罗斯。我毕业回国后，次年老房子就动迁，而她又飞去美国结婚，大家从此天各一方。两年前，一个偶然的机会，陈沿回国，我们终于又见面了。

到达的第一天下午，陈沿就驱车一个多小时来看我，儿时的小不点，变成了美丽的夏威夷女郎。女郎送来了一个“欢迎礼包”。包是布做的，热烈的橘色底上开着大朵白色鸡蛋花，里面装着用椰子壳做的小手包、工艺木刻小盒、椰壳相框，还有一块白底紫花的布。她现场将这块布往身上一围，左右一绕，最后在脖子上打了个结，变成了一件具有热带风情的裙子。她说，这块布有多种“穿”法，披在泳衣外就可以去海滩或者上街了。

然后，陈沿就带我在海边漫步。原想去杜克餐厅吃饭，但8点前根本订不到位子，便去了边上维多利亚风格的莫阿那威斯汀酒店，穿过大堂，来到海滩边上的露天酒吧，吃了第一顿晚餐。于是，在欧胡岛格外明亮的星空下，在清凉的海风中，在当地艺人的歌声中，儿时的趣事，熟悉的同学，分别这些年来的故事，纷纷涌上心头……

两天后，一行人出发去Outlets。中午，在我拎了两大袋东西满头大汗、举步维艰的时候，陈沿如及时雨般降临，接过我的两包东西放到她的车里，然后我又像打了鸡血似的，继续血拼Coach和Tommy Hilfiger。当我回到小组集合点上车时，她又将两大包夏威夷果和巧克力放到车上。

离开夏威夷前一天，听我说想了解孙中山在檀香山活动的足迹，陈沿就特地查好资料，带我去寻访。这天正好是星期六，她把两个孩子也带来了，安妮和阿历克斯，分别为11岁和9岁的混血儿，皮肤也被晒成了小麦色，像两个漂亮、可爱的小精灵。他们很有礼貌，脸上总是挂着笑容，但也有这个年龄孩子的顽皮。姐姐披着一头栗色的长发，汉语说得很好。我们在中国城吃了午茶，小朋友很喜欢广式点心。随后，我们一路走，一路看，一路找，一路聊。下午，时间还早，我带两个小朋友去酒店的泳池玩，看他们在水里快乐地扑腾，自己也跟着他们回到了童年。随后，陈沿又开车把我送到了晚餐地点。遗憾的是，由于不能停车，告别时没有拥抱。此时，天边出现了粉红的晚霞，给她和孩子的脸都镀上了一层光彩。

夏威夷是难忘的。闭上眼睛，脑海里满是如洗的碧空，蓝宝石般澄澈的大海、白色的沙滩、细细高高的绿色椰子树、略带咸味的海风……而好友的深情，恰似那丝丝缕缕鸡蛋花的香味，永远封存在我的心中。

海底之旅

大海，是生命的发源地。大海，埋藏着人类无数梦想。小时候看《大西洋底来的人》，对那个深不可测的海底世界非常向往。曾幻想，如果能够在海底待上一段时间，看看各种多姿多彩的水生植物、稀奇古怪的海洋生物，还有不知道究竟是动物、植物还是矿物的美丽珊瑚，该多有意思啊，说不定还会遇见美人鱼、水怪呢。

不久前，几个朋友相约一起去夏威夷度假。不久前，东航开通了上海直达夏威夷的航班，携程网上有各种自由行套餐，预订起来方便快捷。在那座浪漫的群岛上，除了阳光明媚的白色沙滩和热情似火的呼啦舞之外，我们还收获了一个惊喜——一场奇妙的"海底之旅"！

夏威夷群岛位于太平洋中部，由于自然条件优越，这里的海水特别清澈，能见度极高，是潜水的绝佳之地。此外，还可以乘坐观光潜艇到深海来一次探险。

一早，我们在欧胡岛的威基基海滩码头登上"发现号"接送船。船在碧蓝的大海上行驶，只见海天一色，令人心旷神怡。约半小时后，在海中央出现了一条白色的狭长的船艇，这就是“亚特兰蒂斯”潜水艇。这个名字来自“大西洲”——传说中沉没的大陆。

踏上“亚特兰蒂斯”，从一个圆圆的洞口走下去，就是潜艇舱了。原来，白色船体只是潜艇露出水面的一小部分，大部分是在水下。潜艇舱比想象中的宽敞，中间是两排紧挨着的座位，两边各有 20 多个圆圆的舷窗，可供游客观看。

舱门关上，一阵白色的气泡涌出，潜艇开始下沉。“1、12、25……”驾驶舱上方的数字指示灯不断上升，这是下潜的深度，单位为英尺。人在潜艇中，却一点也没有坐在电梯里下沉的感觉。窗外的光线逐渐黯淡，在下潜到 30 多英尺深的时候，一大群色彩艳丽的鱼儿游了过来，蝴蝶鱼、小丑鱼、黑白关刀……好漂亮！继续下潜，大约在 50 多英尺深的地方，我看到了一些礁石。这可不是普通的礁石，耳机里的中文导览介绍说，这是“人工暗礁”！

原来，珊瑚礁是鱼儿们赖以生存的场所，而在过去的 100 年中，随着人类活动的增加，夏威夷的天然珊瑚礁不断消失，海洋生物也随之减少。而科学家发现，人工暗礁可以帮助恢复海洋环境。于是，从 1989 年开始，威基基沿海推出了“珊瑚礁行动”，在海底放置了第一组人工暗礁，之后又是第二组更大的“金字塔”。尽管海底光线较暗，但用混凝土搭建的“金字塔”清晰可见，大大小小的鱼儿在金字塔的空隙间穿梭、嬉戏。

原来，暗礁能够帮助小型鱼躲避大鱼的攻击，吸引各种各样的鱼类前来栖息。经过数十年的繁殖，海底花园又变得繁茂了。

潜艇继续下潜，在 102 英尺(30 米)深的海底，我看到了一架飞机和两艘轮船的残骸！据介绍，这并非失事坠海的飞机和轮船，而是夏威夷人有意为之，将废弃的飞机和轮船也作为“人工暗礁”放置海底，成为各种海洋生物的家。其中一条韩国渔船“圣佩德罗号”特别有意思，船长 30 米，当年在海上失火，没有足够的水，船员就用酱油来灭火，结果发出了难闻的气味，这艘船也因此有了“红烧渔船”的外号。现在，这座“红烧渔船”也成为一座“海底公寓”，让不计其数的鱼类各得其所。

我们仿佛置身于一个奇大无比的水族馆：看，一条鱼“飞”来打招呼；边上，两只绿海龟在漫步；远处，欧洲海鳗在珊瑚礁之间探头探脑。鲜黄色的小米蝴蝶鱼，尾部有一个黑点，这是为了迷惑敌人，当大鱼以为这是它的眼睛而来攻击时，它轻轻一甩尾巴就逃走了。身体纤细的彩虹色“清洁鱼”，又名“夏威夷鱼医生”，大鱼生病时，只要张开大口，它就会钻进大鱼的嘴里、牙缝间，用嘴尖去清洁坏死组织、微生物，而这些被清除的垃圾却成了它的食物。

在潜水艇头部，好多鱼儿游来游去，有的还用头来撞击玻璃，是不是把潜水艇也当成了“人工暗礁”？据统计，20 多年来，威基基海域的海洋生物数量增长了 3 000 倍。人工暗礁见证了大自然神奇的自我恢复能力。

40 多分钟过去了，奇妙的海底之旅结束了。仅 20 秒，潜艇就从 30 米深的海底浮了上来。重新回到洒满阳光的海面，我不由得感叹：如此美丽的海洋，需要人类保护，而保护大自然，更需要智慧。

（本文刊于 2013 年 12 月 3 日《新民晚报》旅游周刊）

图书在版编目(CIP)数据

不带相机去旅行 / 邵宁著. —上海：东方出版中心，2014.8

ISBN 978-7-5473-0707-6

Ⅰ.①不… Ⅱ.①邵… Ⅲ.①游记-作品集-中国-当代②随笔-作品集-中国-当代 Ⅳ.①I267

中国版本图书馆 CIP 数据核字(2014)第 166328 号

责任编辑 沈 敏

封面设计 邵 竞

不带相机去旅行

出版发行：东方出版中心

地　　址：上海市仙霞路 345 号

电　　话：62417400

邮政编码：200336

经　　销：全国新华书店

印　　刷：昆山市亭林印刷有限责任公司

开　　本：890×1240 毫米 1/32

字　　数：162 千字

印　　张：8.25　插页 2

版　　次：2014 年 8 月第 1 版 第 1 次印刷

ISBN 978-7-5473-0707-6

定　　价：28.00 元

版权所有，侵权必究